クラスの大嫌いな女子と結婚することになった。

10

天乃聖樹 Amano Seiju
イラスト 成海七海
キャラクター原案・漫画 もすこんぶ

「才人〜♪　才人〜〜♪
才人はいねがー？」
朱音が高校の中庭で捜し回っている。可愛いなまはげのようなノリだが、槍状のモノを所持してゴミ袋や段ボール箱を突き刺しているのは危険度が高い。間諜を捕らえようとする兵士の行動だ。
Maho Sakuramori
桜森《さくらもり》 真帆《まほ》
Himari Ishikura
石倉《いしくら》 陽鞠《ひまり》

桜森《さくらもり》 朱音《あかね》
Akane Sakuramori
Shisei Hojo
北条《ほうじょう》 糸青《しせい》
北条《ほうじょう》 才人《さいと》
Saito Hojo

「ずっと、ここにいてね」

「ああ」

「トイレも行っちゃダメだからね？」

「トイレくらい許可してくれ」

才人は苦笑した。

「ダメ。明日も一日中、
こうやっているの。
二人でくっついていていれば、
なにもしなくていいの」

「あっ、また流れ星！
ほらほらっ、
あんたも見なさいよ！」
「……ああ」

二人は互いに寄り添って、
降り注ぐ流星群を眺める。
それは、才人が一人で見てきた
どんな星空よりも美しい。
けれど、いつしか才人は
星空を眺めることも忘れ、
朱音の横顔を眺めていた。
流星群の輝きよりも、
朱音の瞳の輝きを
美しいと感じてしまった。

CONTENTS

Class no Daikirai na Joshi to Kekkon surukotoninatta.

クラスの大嫌いな女子と結婚することになった。10

天乃聖樹

MF文庫J

口絵・本文イラスト●成海七海

漫画●もすこんぶ

プロローグ

prologue

才人《さいと》が誘拐されたのは、十歳の冬だった。

電気も通っていないのか、痺《しび》れるような寒さの廃屋。分厚い埃《ほこり》に覆われた床に座り込み、才人は本を抱えて犯人の顔を見上げていた。

「まさか、あんたがこんなことするなんてな」

知らない顔ではなかった。北条《ほうじょう》グループでフィンテック事業を担当する企業の元社長。男が着た染みだらけのジャンパーからは、酒と汚物のすえた臭いがした。

男は嘲笑《あざわら》った。

「天才御曹司《おんぞうし》と言われてても、ガキはガキだな！　簡単に騙《だま》されて、ノコノコついてくる！　普段からご機嫌を取っていた甲斐《かい》があったってもんだ！」

「確かに、俺は油断していた。今まで築いたキャリアを投げ捨ててまで、こんな犯罪を起こす非合理的な人間がいるとは予想しなかった。リターンがリスクに見合っていない」

「はっ、キャリア？　キャリアねえ。それをぶっ壊したのがお前のジジイだろうがああ！」

男の汚れた手が才人の首を絞めつける。才人の息が詰まり、顔が充血して、酷《ひど》い耳鳴りが始まる。世界の現実感が薄れていく。

男が才人《さいと》の顔に唾を吐きかける。

「どうだ、悔しいか？　優しいおじさんに裏切られて！」

悔しくはないし、こういうのは慣れている。

才人の才能が明らかになったとき、両親も豹変《ひょうへん》したから。愛なんて信用に値しないということを、才人は誰よりも知っている。

男が才人を放り投げた。床で激しく咳《せ》き込《こ》む才人を、男は冷え切った声で脅す。

「家に帰りたければ、大人しくしているんだな」

「別に帰りたいとは思わない」

「は？」

怪訝《けげん》そうな男。

才人は床に転がっていた本を拾って、ページを開く。

「それより、さっきあんたにもらった本、面白いぞ！　アルファ・ケンタウリについて書かれているんだが、そこには太陽系から最も近い地球型惑星が存在する可能性がある！　つまり、異星人が暮らしているかもしれないし、恒星間ロケットを開発すれば地球から旅できるかもしれないんだ！　素晴らしいだろ！」

「やかましい！　お前、自分の立場分かってるのか!?　俺がエサに使った本を読んでるんじゃねえ！　お前は誘拐されてるんだぞ！」

「大変だな」

才人は微笑《ほほえ》んだ。

「なんで他人事《ひとごと》なんだよ！　いいか、お前のジジイは、北条《ほうじょう》グループ一筋で三十年尽くした俺を、あっさり切り捨てた！　お陰で俺の家はめちゃくちゃだ！　女房は子供連れて逃げるし、建てたばかりの屋敷の金を払えず、俺は破産だ！　全部お前のジジイのせいだ！」

「それはおかしいな。じーちゃんは利用価値のある人材を切り捨てたりはしない。あんたが首になったのも、家族に捨てられたのも、純粋にあんたが無能だからだ。落ちぶれたのは、あんたが能力も努力も戦略も足りなかった、それだけだ。合理的に考えろ」

「このガキっ……！」

男はギリギリと歯を食い縛った。

「そんなことをしたら歯が折れるぞ？　年を取ると歯茎も弱くなってくるから、気を付けた方がいい」

「黙れ！　黙れ黙れ黙れ！　ゴミカスがっ！　もういい……もういい！　生かして帰そうかと思ったが、お前はやっぱりあのジジイの孫だ！　ぶっ殺して、身代金だけもらってやる！」

ナイフを鞘《さや》から取り出す男。目を血走らせ、醜悪な息を吐きながら、才人に襲いかかってくる。

「こんなクソ以下の世界で生きたいとは思わないけど、痛いのは嫌だな」

才人《さいと》は逃げようとせず、逆に男に向かって走った。

両手の親指を突き出し、男の両目に突き刺す。躊躇《ちゅうちょ》はなく、遠慮もない。これは正当防衛だからだ。そのまま、両目をえぐるようにして押し込む。

「ぎいやあああああああああ！」

男は両目から出血して床を転げ回った。

「殺す！　ぶっ殺す！　はらわたぶちまけてジジイに送ってやる！」

目を押さえ、口から泡を吹きながらも、戦意を失うことなく憎悪を募らせている。放っておいたら才人に危害を及ぼすかもしれない。

男が落としたナイフを、才人は自分のポケットにしまい込んだ。部屋を見回すと、古い電源コードが床に放置されている。

才人は男の足首をぐるぐる巻きにして、部屋の柱に縛りつけた。男はなにやら叫んでいるが、怒りのあまり人の言葉になっていない。

「もう人間やめたのか。お疲れ様」

才人は男のポケットからスマートフォンを取り出し、警察に通報した。

誘拐犯は担架に乗せられ、救急車で運ばれていった。

才人の方が犯人なのではないかと疑われ、警察に連行されそうになったが、駆けつけた天竜《てんりゅう》の一睨《ひとにら》みで警官たちは退散した。

天竜をリムジンに乗せてきた留衣《るい》がくすりと笑う。

「わたくしの出番かと思いましたが、必要なかったようですね。次期当主様は頼もしい」

「お前が護身術を叩《たた》き込《こ》んでおいてくれたからだ」

留衣から水筒のコップを渡され、才人は熱いお茶を飲む。

「才人様になにかあれば、糸青《しせい》様が悲しまれますから」

天竜が命じる。

「これからも才人を鍛えてやれ。北条《ほうじょう》家の当主には、身を守る力が必要だ」

「かしこまりました、当主様」

留衣は丁寧に頭を下げた。

才人たちを乗せたリムジンが、廃屋の前から走り出す。暖かい車内で、才人は小さく息をついた。警察が来るまで本の続きを読んでいたせいで、指がかじかんでいた。

隣に座った天竜が、才人に告げる。

「あの男は、時代の変化についていけなくなってな。若手の立てた事業計画を妨害するようになり、会社もろとも沈んでいったから、辞めさせる必要があった。どんなに恨まれようと、会社を守るため心を鬼にして切らねばならんときはある。分かるな？」

才人《さいと》は肩をすくめた。

「会社にとって不要な部品を交換するのは当たり前、合理的なことだ」

「部品ではない。部下は会社にとって家族だ」

「家族だって、いくらでも交換できる汎用的なパーツだろ」

ため息をつく天竜《てんりゅう》。

どうやら才人の答えが気に入らなかったらしい。才人にとって、人間の好む言葉を作り出して提供するのは、学校の勉強よりも難しい。

「才人。愛とは、なんだと思う？」

「脳内化学物質が生物に見せる、くだらない幻想だ」

「お前は……まったく……」

「なにか変なことを言ったか？」

「いいや」

「じゃあ、しばらくほっといてくれ。俺は本の続きが読みたい」

才人は本を開く。表紙は誘拐犯の血にまみれていたが、本文のページは汚れていないから読書の邪魔にはならない。

「お前は……北条《ほうじょう》家を継ぐのに向きすぎている」

天竜は才人の頭に手を置いてつぶやいた。

第一章 『クラスの大好きな女子』 episode1

夫婦の寝室で、才人《さいと》はベッドに座って悶々《もんもん》としていた。

ディナーではプロポーズできなかったものの、朱音《あかね》と想《おも》いが通じた。それは最高に嬉《うれ》しい出来事だった。

しかし、朱音が言った「これからとことん愛し抜いてあげる」とは、どういう意味なのか。まさか朱音の愛＝撲殺ということはないだろうが、だとしたら朱音からいったいなにをされるのか。

考えれば考えるほど才人は緊張し、寝付くこともできず心臓を荒立たせていた。

まるで初夜の新郎である。とっくに二人の初夜は終わっているし、初夜といってもなにも起きなかったのだけれど。

才人が苦悩していると、慌ただしい足音が寝室に近づいてきた。入り口の扉が勢いよく開かれ、風呂上がりの朱音が寝室に飛び込んでくる。

「私、気が付いちゃったわ!!」

バスタオルを裸身に巻いただけの、あられもない姿。しかもバスタオルは前が崩れて胸元が見えそうになっている。

「なにしてんだー！」

　才人は慌てて目をそらそうとするが、そらせない。あまりにも扇情的な姿に、視線が釘《くぎ》付《づ》けになってしまう。

　朱音は興奮に頰《ほお》を火照らせてまくし立てる。

「気付いちゃったの！　あんたって、私にプロポーズしようとしたけどできなかったのよね!?　そして私が先にあんたに告白したわ！　つまり私の勝ちじゃないかしら!?」

「まずは服を着ろ！」

　才人は叫んだ。

「あっ……」

　朱音はようやく自分の状態に気付いたらしい。恥ずかしそうに胸元のバスタオルをかき寄せ、太ももを擦り合わせながら、上目遣いで才人を見る。

「べ、別に……見てもいいわよ。あんたなら」

「かはっ……」

　才人は吐血した。可愛《かわい》さの過剰摂取だった。

「ちょっと才人!?　なんで血を吐くの!?　体調不良!?」

「少し……昔の古傷がな……」

「どこの傷!?」

「心配するな……すぐ治る……」

「本当かしら……」

朱音《あかね》は心配そうな顔をしている。

「大丈夫さ！　ほら止まった！」

才人《さいと》は親指の背で格好《かっこ》良く口元の血を拭って安心させる。

「告白勝負は、私の勝ちってことでいいわよね⁉」

「そもそも勝負をしていたつもりはないんだが……」

朱音が左手を腰に当て、右手で才人を指差して堂々と宣言する。

「私とあんたの関係は、いつだって真剣勝負なのよ！」

「そうなのか⁉」

初耳だった。

そして片手を離しているせいで朱音のバスタオルが落ちそうになっており、才人は気が気でない。このままでは朱音が半裸から全裸にクラスチェンジしてしまう。

「ほら、ちゃんと負けを認めなさい！　じゃないと、あんたと両想《りょうおも》いになったたって全校生徒にバラすわ！」

「ちょっ……」

ぎょっとする才人。ただでさえ生徒たちから夫婦漫才だとか言われているのに、これ以上騒ぎ立てられるのは耐えられない。

「というか、それはお前もダメージを受けるんじゃないか……？」

どちらかといえば、恥ずかしがり屋の朱音の方が被害は甚大な気がする。

「あんたを潰せるなら、私の身なんてどうなっても構わないわ！」

「そこまで潰したいのか!?」

「潰したいわ！　私はあんたを倒すことに一生かける覚悟があるの！」

「もう少しマシなことに人生は使えよ！」

「ほら、どう？　どう？　私の勝ちよね？　ねっねっ？」

バスタオル姿の朱音が、ベッドに膝を乗せてじりじりと才人に迫ってくる。バスタオルの隙間から今にも胸が覗《のぞ》きそう……いや、既に半分くらい見えている。真っ白な双丘に挟まれた深淵《しんえん》が、才人を妖しく誘《いざな》っている。

「お前の勝ちだ！」

才人は降参するしかなかった。

「違うでしょ？　ちゃんと手を突いて～、『僕の負けです。許してください』でしょ？」

にまにまと笑う朱音。

「くっ……！」

才人は拳を握り締めるが、今の状況で圧倒的に有利なのは朱音の方だ。ここは屈辱を呑《の》

み干《ほ》すしかない。

才人《さいと》はベッドに手を突いて頭を下げる。

「……僕の負けです」

「『ヘタレすぎてプロポーズもできないけど、朱音《あかね》のことが大好きです』でしょ？」

「ぐぐ……。ヘタレすぎてプロポーズもできないけど、朱音が大好きです……」

「よしよし。いい子ね」

朱音はご満悦で才人の頭を撫《な》でる。犬を愛《め》でるようなノリだ。才人の目と鼻の先に紅潮した谷間が迫り、甘い匂いが漂ってくる。

初めての屈辱なのに、悪くない。もっと甘やかされたい。

才人は謎の性癖に目覚めそうになった。

「え、えっと……服、着てくるわね」

「頼む……」

我に返って羞恥心が戻ってきたのか、朱音がバスタオルを掻《か》き寄《よ》せ、小走りに寝室から出て行く。シーツは朱音の裸身からこぼれた水滴で濡《ぬ》れ、朱音が突いていた膝の形が残って、艶《なま》めかしく皺《しわ》が寄っていた。

才人が落ち着かない思いで待っていると、寝間着をまとった朱音が戻ってくる。髪を綺《き》麗《れい》に乾かし、湯上がりの熱気をまとっている。

ぎこちない言葉を交わし、才人《さいと》と朱音《あかね》は布団に潜り込んだ。

「ええ……寝ましょ」

背中合わせに横たわった二人。

初めての夜みたいに、心臓が高鳴っているのを才人は自覚する。それも今夜は犬猿の仲ではなくて、想《おも》いが通じ合った先の夜なのだ。意識するなと言うのが無茶《むちゃ》である。

才人が目を閉じて鼓動を抑えようとしていると、朱音が寝返りを打った。布団の中でもぞもぞと動き、才人に身を寄せてくる。

「お、おい……」

目を開けて向き直る才人。

「な、なによ」

朱音が才人を睨《にら》みつける。

「近いんだが……」

「別にいいでしょ？　両想いなんだから」

「それはそうだが……」

心臓が保《も》つ気がしない。

「才人は……イヤなの……？」

朱音は涙ぐみながら、才人を上目遣いで見た。ふるふるとまつげが震えている。

大好きな女子から至近距離でそんなことをされて、健全な男子が抗《あらが》えるわけもない。

「イヤでは……ない」

「最初っからそう言えばいいのよ。才人のくせに生意気よ！」

朱音はご機嫌で才人に抱きついてきた。

薄い寝間着を通して、朱音のやわらかな体の感触と、情熱的な体温が伝わってくる。

少女のすべらかな素足が才人の素足に触れ、才人は胸の奥を甘く引《ひ》っ掻《か》かれるような感覚に見舞われた。

「これじゃ二人とも眠れないだろ」

「すう……すう……」

「早っ！　眠れないの俺だけか!?」

朱音は安心しきったような寝息を漏らしている。才人にしっかりとしがみついていて、離してくれそうにない。

「才人ぉ……しゅき……」

朱音とは思えない舌足らずで甘い寝言が、小さな唇から漏れる。逆に才人の心臓は激しく暴れ、目が冴《さ》えていく。

「徹夜コースかな……」

才人《さいと》は嘆息した。

朝食のテーブルには、常に増して気合いの入った手料理が並んでいた。

表面をチーズで覆われたスコッチエッグ。サニーレタスとクレソンのフレンチサラダに包まれ、森の中に産み落とされた卵のようだ。

ビーフシチューは大切りのニンジンやジャガイモ、厚切りの牛肉がしっかりと煮込まれ、濃厚なデミグラスソースが艶《つや》めいている。

主食はスープごはん。エビやイカなどの海産物が泳ぐスープから、食欲をそそう磯《いそ》の匂いが漂ってくる。鯛《たい》のほぐし身がごはんの表面に散らされ、イクラが鮮やかな彩りを添えている。

「コイツは旨《うま》そうだな。いただきま……」

「ダメ！」

さっそく食べようとする才人の口に、朱音《あかね》がスプーンを押し当てた。向かいの席から身を乗り出し、テーブルに片手を突いている。

「行儀が悪いぞ」

「まだ食べちゃダメ！　私が食べさせるの！」

「は……？」

才人は聞き間違いかと思うが、朱音はスコッチエッグをスプーンに載せ、才人の口に向かって突撃させる。

「はい、食べなさい。歯をへし折らんばかりの勢い。

「エサは要らん！」

「私の料理が食べられないっていうの!?　切腹させて胃に直接入れるわよ!?」

「それはもはや食事じゃねえ！」

「じゃあ耳から流し込むわ！」

「どうやって流し込むんだよ！　耳には鼓膜という蓋があるんだ！」

朱音が高速で繰り出してくるスプーンを、才人は必死にかわす。

両想《りょうおも》いになったというのに、この少女の危険度は未《いま》だに下がっていない。むしろ攻撃力が増している気配すらある。

朱音が悔しそうにほっぺたを膨らませる。

「なによ……私は『あーん』させたいだけなのに……。そんなに拒否しなくてもいいでしょ……？」

「いや……拒否しているというわけでは……」

照れくさいのと、喉にスプーンを突き立てられそうで怖いだけだ。普通の恋人同士なら無傷で済む「あーん」といえど、朱音《あかね》は手加減できる少女ではない。

「私の手から食べないなら、あんたはごはん抜きよ！　ひよこ豆でも食べていたらいいわ！」

ぷいっとそっぽを向く朱音。このままではせっかくの美味な手料理を取り上げられ、豆をついばむ鳥の暮らしに陥る可能性がある。

「わ、分かった。食べさせてくれ」

「はいっ、あ～ん♥」

「あーん……」

才人《さいと》が恐る恐る開いた口に、朱音がスプーンでスコッチエッグを押し込んでくる。あーんでなんとかなるサイズではない。才人は顎が外れそうになりながらも、無我夢中で咀嚼《そしゃく》する。

朱音は頬杖《ほおづえ》を突いて尋ねる。

「おいし？」

「味は旨《うま》い」

「えへへ～♪」

楽しそうに笑う朱音。

――なんだこのラブラブっぷりは!?

才人は眼前の現実を疑った。

高校一年のときからケンカばかりだった相手が、両想《りょうおも》いになったくらいでここまで豹変《ひょうへん》するものだろうか。ひょっとして別人なのでは？　本物の朱音はとっくに北条《ほうじょう》グループの研究所に囚《とら》われてしまっているのでは？　などと邪推がはかどる。

「次はサラダよ！」

朱音がフォークに刺したサニーレタスを才人の口に迫らせる。フォークが顔に突き刺さりそうになり、才人はとっさに首を九十度曲げて回避した。

「なんで避《よ》けるのよ！」

憤慨する朱音。

「フォークで鼻を粉砕されそうだったからだ！」

「私がそんな間違いするわけないじゃない！　ちゃんと目に行くわ！」

「目の方が怖いわ！」

「あっ、間違えたわ！　ちゃんと口に行くわ！」

「言い間違ってる時点で信用できないんだよな！　ていうか本当に言い間違いか!?　本音がポロリしたんじゃないのか!?」

朱音は腕組みして偉そうに語る。

「才人……よく聞きなさい。本当の夫婦とは、お互いを信頼し合って暮らすものなのよ。

だからあんたも私を信頼して……鼻を粉砕されなさい！」

「ほら粉砕するって言った！　信用できる要素が一つもねえ！」

「あるわよ！　もしかしたら奇跡的に無事かもしれないじゃない！」

「無事な可能性の方が少ないのかよ！　こんなところでメシを食えるか！　俺はひよこ豆を食って生きる！」

テーブルから離脱を試みる才人《さいと》。

が、朱音《あかね》が背後から飛びついてきて食い止める。

「待って！　置いてかないで！　真面目にやるから！」

「今までは真面目にやってなかったのかよ！」

「ちょっと才人をからかいたかっただけよ！　普通に『あーん』するの恥ずかしいでしょ！」

「恥ずかしかったのか？」

振り返る才人。

朱音は頬《ほお》を紅潮させている。

「あ、当たり前じゃない……。私がこんなことするなんて、ガラでもないし……。私なんて、世界を焼き尽くす邪神みたいなものだし……」

「妙な方向に自己評価が高い気がするが……まあいい。とりあえず朝メシを済ませよう。

早く食べないと遅刻する」

「ええ！　効率的に才人の口に食糧を放り込むわ！」

「まだ反省してないよな!?」

才人は不安でいっぱいだ。

それぞれの椅子に戻る二人。

「反省してるわよ。今度は死人を出さないよう注意するつもりだもの」

「まず死人が出る朝食がおかしいんだが……。俺に食わせていたらお前が食べられなくなるだろ」

朱音が眉を寄せる。

「それは問題ね……今気付いたわ」

「もっと早く気付いていてくれ……」

腹を立てると知能が下がる朱音だが、今の朱音は怒ったときの十分の一くらいの知能になっている気がする。

「じゃあ、こうしましょ！」

朱音が目を光らせた。名探偵のごとき眼光である。ようやく才女としての本分が戻ってきたらしい。

才人は胸を撫《な》で下《お》ろした。

「名案を思いついたんだな？」

「ええ！　私が才人《さいと》に食べさせて、代わりに才人が私に食べさせればいいのよ！　そうしたら私もお腹《なか》が空《す》かなくて済むわ！」

「しっかりしろ！　本当にそれは効率的か!?」

「私はいつだってしっかりしているわ！　私を信じて任せなさい！」

朱音《あかね》がスプーンにスープごはんをすくって差し出す。なにがなんでも食べさせ合いっこをしたいらしい。

嫁の可愛《かわい》い希望を拒めるはずもなく。

「才人、あーん♥」

「むぐむぐ……旨《うま》い」

「今度は私！　あーん♥」

朱音は才人の方に身を乗り出し、目を閉じて愛らしく口を開ける。

才人はスコッチエッグを食べやすい大きさに切ってから、スプーンに載せて朱音に差し出す。生まれてこの方、やろうと思ったこともない大胆な行為である。

「あ、あーん……」

「はむっ♪」

朱音はほっぺたを両手で抱え、幸せそうに身をよじる。ぱたぱたとテーブルの下で足を鳴らしている。怒るときも全力だが、喜ぶときも全身で表現する少女である。

「かっ……」

声を漏らす才人。

「か？」

きょとんと小首を傾《かし》げる朱音。

――可愛すぎる――――――!!

才人は拳を握り締めて爪を手の平に食い込ませ、唇を噛《か》み締《し》めて己に苦痛を与えた。そうでもしなければこの甘い空気に呑《の》み込《こ》まれ、どんな暴挙に出てしまうか予想もできなかった。テーブルの上で欲望のままに朱音に襲いかかってしまうかもしれない。そんなことは許されない。

「才人!?　すごく血が出てるわよ!?　昨夜から出血が激しいけど大丈夫!?」

「大丈夫だ。この真っ赤な血が俺に理性を与えてくれる」

才人はキメ顔で言い切った。大好きな子の前では格好《かっこ》いい男子でいたかった。

朝食を終え、二人は各自の勉強部屋に引っ込んだ。

寝室は共有だが、着替えのときは自分の勉強部屋を使うのが習慣だ。高校の制服も勉強部屋にしまっている。

寝間着を脱いでズボンを穿《は》き、ワイシャツを着ていた才人は、殺気を感じて固まった。

背中に突き刺さる視線。皮膚を貫いて焼き尽くしそうなほど熱い。

才人《さいと》がゆっくり振り返ると、扉の隙間に妖怪が挟まっていた。

いや、妖怪ではない。嫁である。扉の隙間から、ちらちらと恥ずかしそうに才人を見ている。一見、可愛《かわい》らしいが、やっていることは痴女だ。

「きゃ――――――っ!?」

才人は女の子のような悲鳴を上げてしまった。

「なにをしている!?」

「なにもしていないわ！」

あまりにも堂々とした態度である。

「ウソつけ！　覗《のぞ》いてるじゃないか！」

「覗いてないわ！　通りがかりにちょっと見たら、才人が偶然着替えていただけよ！」

「ドアに挟まってるだろ！」

「これは事故よ！　ドアに偶然、圧縮されたの！　抜け出せなくて困ってたの！」

「えええ……」

そんなことはないだろうと思う才人だが、朱音《あかね》の主張は崩れない。言い返すほどにムキになっていくのがこの少女の常である。

「分かった。すぐに着替えるから、先に登校しててくれ」

朱音が遠慮がちに申し出る。

「え、えっと……。着替え、手伝ってあげましょうか？」

「は……？」

才人は耳を疑った。

「なぜ……？」

「両想《りょうおも》いになったから……」

「両想いだと着替えを手伝うのか……？」

「違うの……？」

「俺も両想いになったことはないから分からんが……多分違うと思うぞ？」

「ダメなの……？」

目を潤ませる朱音。

「ダメではないが……。もう着替えはだいたい終わってるし……」

「じゃ、じゃあ、靴下を履かせてあげるわ！　あんた、自分では靴下もまともに履けないでしょ？」

「そんなことはないが!?」

「履けるの……？」

さらに朱音の目が潤んでいく。

これはずるい。戦闘力が高すぎる。

「俺は靴下も履けないダメ人間です」

才人《さいと》は諦めて椅子に腰掛けた。

「しょうがないわね～。あんたってホントに手がかかる子だわ♪」

朱音《あかね》はニコニコしながら才人の足を取り、靴下を履かせていく。

彼女の細い指が素足に触れているのがくすぐったいし、子供扱いされているのもくすぐったい。いや、これはもはや赤ん坊の扱いだ。

――なんだこれは！　なんだこれは～!?

才人は羞恥で焼け死にそうになって悶《もだ》えた。


3年A組の教室で、才人が席に座っていると、朱音が才人に向かって突き進んできた。すべてを薙《な》ぎ倒《たお》し、大地を蹂躙《じゅうりん》するドラゴンの如《ごと》き突進。才人が退路を求めて立ち上がる隙もなく、朱音は才人の眼前に肉迫する。

今日こそ殺されるのか、朝からのラブラブっぷりは油断させるための策略だったのか。

才人は死を覚悟するが。

「もう、髪にゴミがついているわよ」

朱音は優しく才人の髪から葉っぱを取ってくれる。

「ど、どういうことだ……？　脳天をかち割らないのか……？」

才人は信じられない思いだった。

「かち割るわけないでしょ！　頭がなくなったら私のごはんを食べられないじゃない！」

「そういう問題か!?」

「そもそも私があんたにひどいことするわけないじゃない！　殺すわよ!?」

「殺すのはひどいことじゃないのか!?」

「ほら、襟も曲がってるし」

朱音が甲斐甲斐《かいがい》しく才人の制服の襟を直してくれる。ほっぺたを赤くして唇を尖《とが》らせ、照れくさそうに視線を逃がしている。

緊張する才人。心臓の音が朱音に聞こえてしまいそうだ。

「嫁みたいなことをするんだな……」

「あら、嫁でしょ？」

華奢《きゃしゃ》な肩をそびやかす朱音。紅の唇が楽しそうにくねっている。

「それはそうなんだが……」

今更ながらに意識する。この愛らしい少女は、才人の嫁なのだ。実は自分はとんでもない立場にあるのではないかと、才人は感じる。

「二人とも、熱々だね～？」

近くから陽鞠《ひまり》の声が聞こえ、才人《さいと》と朱音《あかね》は互いから飛び退《との》いた。

陽鞠が隣の机に頬杖《ほおづえ》を突き、ジト目で才人たちのことを見ている。

朱音は手を振り回して弁解する。

「あ、熱々なんかじゃないわ！　冷え冷えよ！　私はペンギンなのよ！」

「お前はペンギンだったのか……」

初めて知った才人である。

「でも、才人くんの髪からゴミを取ってあげたり、襟を直してあげたりしてたよね？」

「そういうのじゃないわ！　才人の首をはねる機会を窺《うかが》っていただけよ！」

「やはり!?」

身構える才人。

「やはりってなによ！」

激昂《げきこう》する朱音。

二人の顔を陽鞠が興味深そうに見比べる。

「どう見ても二人の距離感変わってるんだよねー。もしかして……シちゃった？」

「っ!?」

ぎょっとする才人。

朱音《あかね》は頬《ほお》を染め、ぎこちなくうなずく。

「え、ええ……。私の方から……」

「朱音の方から⁉　意外と大胆だね⁉」

陽鞠《ひまり》が目を丸くする。

「どうしてもガマンできなかったというか……」

「朱音ってそんな欲望まっしぐらなタイプだったんだ！」

「欲望とかじゃないけど……」

もじもじと身をよじる朱音。話が噛《か》み合《あ》っていない雰囲気が抜群だ。

陽鞠がため息をつく。

「そっかー。なんか置いていかれた気分。朱音と才人《さいと》くん、えっちしちゃったのかー」

「はあ⁉　なんの話⁉」

朱音は肩を跳ねさせた。

「なんの話って、えっちの話だよ。才人くんとシちゃったんでしょ？　朱音はもうオトナの階段登っちゃったんでしょ？」

「のの登ってないわー！　私が才人とそんなことするわけないわ！　絶対、ぜーったいにあり得ないわっ‼」

「ははは……」

体の関係を期待している才人ではないが、そこまではっきり拒絶されるとさすがに悲しくなってくる。芯の出ていないシャーペンで、机に想像の生き物を描いてみたりする。

陽鞠が口元に人差し指を添えて首を傾《かし》げる。

「えー？　だったら、朱音はなにをシチャったって言ってたの？」

「そ、それは、告……」

口ごもる朱音。

「こく？」

「こここ、こくとろシチューを作ったのよ！」

「二人の距離感が変わるくらいの、こくとろシチューを？　才人くん、どんなシチューを食べさせられたの？」

「どんなんだろな……」

才人は地平線の向こうを見やった。しかし、どこにも地平線はなかった。

「私はてっきり、朱音が才人くんに告白したのかと思ったんだけど」

あいかわらず鋭い陽鞠。

「こ、告白なんかしないわ！　私は才人なんて好きじゃないもの！　大嫌いだもの！」

「ホントに～？」

陽鞠がからかうように顔を寄せ、うっと朱音がたじろぐ。

「ホントよ！　才人《さいと》みたいに自分勝手な俺様で、友達がいなくて、生活もだらしないヤツ、好きになるわけないじゃない！」

「がっ……」

才人は五億六千万のダメージを受けた。すべて事実なので反撃のしようがなかった。

「私は絶対、才人のことなんて好きじゃないんだから〰〰〰っ！」

朱音《あかね》は全速力で教室から飛び出していった。なぜか知らないが手近な椅子を抱き締めて走り去っていった。

一方、才人は机に伏せて死にかけていた。ダメージが限界突破、もはや身動きも取れない。陽鞠《ひまり》が才人の頭をつついて安否を確かめる。

「才人く〜ん？　大丈夫〜？」

「だいじょうぶだ……」

細い声を絞り出す才人。

「あんまり大丈夫な感じしないけど……。しょうがないな〜。恋人の私が、奥さんの代わりに慰めてあげる♥」

陽鞠が才人の頭を優しく抱き締める。豊かな胸が才人の額に押しつけられ、悩ましい圧迫感と共に、大人っぽい香水の匂いが包み込んでくる。

陽鞠が才人の耳元でささやく。

「才人くんの初めて、まだなんだよね……？　じゃあ、私がもらっちゃってもいいかな……？」

「俺は朱音と結婚しているんだ」

「いいじゃん、別に。朱音《おくさん》には黙っておくからさ。難しいコト考えないで、気持ちいいコトしようよ……ね？」

陽鞠の唇が才人の耳に触れ、甘い吐息が鼓膜をくすぐる。

「……っ!?」

才人は耳を押さえて跳び上がった。

「ふふっ。才人くんって、耳が弱いんだ？」

陽鞠は淫魔のような笑みを浮かべ、唇を指でなぞっている。

こんなところに長時間いたら、精神を侵食されてダメになってしまう。才人は読みかけの本を小脇に抱え、教室から飛び出した。

「あ～、才人く～ん。逃げるのはずるいな～♪」

「悪いが読書の時間だ！」

廊下を歩いていると、向こうから朱音が戻ってきた。椅子は持っていない。誰の椅子か分からないが、授業のときには困惑することだろう。

朱音から大嫌いだと言われたばかりの才人は、次の攻撃に備えて身構えた。どんな罵倒を仕掛けられてもスルーしてみせると決意し、毅然《きぜん》とした態度で朱音《あかね》の方へ歩いていく。

才人《さいと》の横を通り過ぎるとき、朱音が爪先立ちで背伸びした。

手で覆った口を才人の耳に寄せ、ささやく。

「本当は……好き、だから」

「なっ……！」

大嫌いと言われるよりも壮絶なダメージ。

朱音は顔を真っ赤にして逃げ去っていく。

吐血して倒れる才人。あまりにも可愛《かわい》すぎて心臓がついていかない。

廊下で行き倒れになった才人に、陽鞠《ひまり》と糸青《しせい》と真帆《まほ》が駆け寄ってくる。

「わー！　才人くんが死んでる！」

「兄《あに》くんはお星様になったのじゃ」

真帆が唇を尖《とが》らせて指揮を執る。

「アタシが人工呼吸するから、しーちゃんはおにーちゃんのお尻を叩《たた》いて！　至急！」

「了解」

リズミカルに踊る糸青の両手。ぺちんぺちんと響き渡る打楽器音。

「どうして才人くんのお尻を叩くの!?　普通は心臓マッサージじゃない!?」

「胸よりお尻の方がえっちだからだよ！　ひまりんもおにーちゃんのお尻を叩いて！」

「上手にできるかな!?　えーいっ！」

「そうそう、その調子！　もっとサンバのリズムで！」

謎の応急処置が施される中、才人は三途《さんず》の川《かわ》を渡りそうになった。


昼食の弁当を食べ終えた才人は、中庭のベンチで本を開いた。

今日の食後の一冊は、引退間際のベテラン刑事を描いたハードボイルド。朱音が可愛すぎて脳が砂糖漬けになりそうなので、苦味で心のバランスを取るための対策である。

うんしょ、と糸青が才人の膝に乗ってくる。

「本が読みづらいんだが……」

「だいじょぶ。シセは気にしない」

「俺が気にするんだ」

世界一可愛い妹である糸青がくっついていたら、ハードボイルドな気分にはなれない。

男には独りになる時間も必要なのだ。

「兄くんも気にしなくていい。シセが読書より楽しい超絶エンターテインメントショーを披露する。歌あり、踊りあり、涙ありの大すぺくたくる」

「俺の膝の上で!?」

「兄《あに》くんの膝の上には、一個師団が乗っても大丈夫」

「バケモンだろ」

こうなったら糸青《しせい》が退去してくれる見込みはないので、才人《さいと》は諦めて本を閉じた。

糸青は才人の胸に頭を預け、じっと顔を見上げる。

「朱音《あかね》と上手《うま》く行ったみたいで良かった」

「分かるか？」

「兄くんのことはなんでも分かる。シセは兄くんのことを、細胞の一欠片《ひとかけら》に至るまで熟知している」

得意気な糸青。

「俺がためらっていたら、留衣《るい》が激励して背中を押してくれてな。アイツ、意外と優しいところもあるんだな」

「留衣は優しい。リンゴを素手で握り潰せる優しさがある」

「それは優しさの証明にはならんと思うが……」

才人は寒気を覚えた。

留衣に急所を掴《つか》まれたときは即座に脱出しなければならない。さもなくば頭がリンゴジュースになる未来もあり得る。

「もしかして、シセが留衣に頼んだのか？」

「なんのことやら」

糸青は肩をすくめる。とぼけているが、関わっているのは明らかだ。昔から糸青は才人のことを大事にしてくれている。

「……ありがとな。お前には、いつも感謝している」

才人は糸青をそっと抱き締めた。

「んっ……」

ぴくっと身じろぎする糸青。真っ白な耳が赤くなっている。

「シセは、兄くんが幸せになってくれれば、それでいい」

「俺はお前にも幸せになってほしいぞ」

糸青は向き直って才人に抱きつく。

才人の胸に鼻先を寄せ、心地よさそうに目を閉じる。

「これがシセの幸せ。兄くんとの関係がこのまま変わらないのが、シセの願い」

「変わるわけないだろ」

「これからもずっと、永遠に、シセを兄くんの膝に乗せてくれる？」

「ああ」

才人は頬《ほお》を緩めた。

「誰よりも近くにシセを置いて、本心を誰よりもシセに打ち明けて、誰よりもシセに頼っ

てくれる？」

「当然だ」

「やくそく」

「約束だ」

糸青《しせい》と才人《さいと》は、互いの小指を絡めて微笑《ほほえ》み合う。涼やかな風が通り抜け、糸青の美しい銀髪をなびかせる。制服のスカートの裾が躍っている。

糸青が才人の膝から滑り降りた。

「言質が取れたから、シセは満足」

「言質……？」

一瞬、才人は糸青の口元に蠱惑的《こわくてき》な笑みがよぎった気がした。普段の幼さが失《う》せた、したたかな女の眼差《まなざ》し。

だが、すぐに糸青はいつも通りの無表情に戻り、才人は見間違いだったのかと思う。

「欲しいのは、体じゃなくて心」

「どういう意味だ？」

「兄《あに》くんは知らなくていい。シセは今日の兄くんエネルギーを吸収したから、とりあえず交代する」

糸青は才人の膝から滑り降り、校舎に入っていった。

「交代……って、なんのことだ……？」

首を傾《かし》げた才人《さいと》は、隣に気配を感じた。見やれば、朱音《あかね》が才人の隣に腰掛けてうつむき、ちんまりと制服をつまんでいる。

「朱音!?　いつからいた!?」

「結構前から近くにいたわよ。才人と糸青《しせい》さんが二人の世界でラブラブしていたから、入れなかったけど」

「二人の世界ってわけでは……」

「完全にそうだったわ。今にもキスしそうな雰囲気だったわ」

朱音はほっぺたを膨らませている。

「妬《や》いてるのか？」

「妬いてないわ！　そりゃ、いつも才人と糸青さんの距離おかしくない？　とか思うし、陽鞠《ひまり》と糸青さんは才人にキスしたのに、嫁の私がしてないのもおかしくない？　とか思うけど……」

消え入りそうな声でつぶやく朱音。恥ずかしくてたまらない様子で視線を泳がせている姿に、才人は嗜虐心《しぎやくしん》をそそられた。

「……キスしたいのか？」

つい、尋ねてしまう。

案の定、朱音は顔を紅潮させて肩を怒らせる。

「ししし、したいわけないでしょ！　そんなことしたら口が爆発しちゃうし！」

「とんでもなく非科学的だな！」

「科学を超えたうちゅーの法則なのよ！　キス量保存の法則なの！」

「俺の知らない未知の法則が……まだ存在する⁉」

質量保存の法則なら才人も知っていた。

「キ、キスとか……そんな大胆なこと……できるわけ……」

朱音が憑《つ》かれたように才人の唇を見つめる。

いつの間にか、二人の距離は体が触れそうなくらい近づいていた。朱音の唇はしっとりと濡《ぬ》れ、積みたての苺《いちご》のように美味《おい》しそうな色に艶《つや》めいている。

才人は唾を飲んだ。

キス、してしまってよいのだろうか。

朱音とそういうことをするなんて考えもしなかったし、激怒されるかもしれないけれど。

今ばかりは、彼女に触れることができるなら、それが逆鱗《げきりん》でも構わない気がした。

心臓が激しく鳴るのを感じながら、才人は朱音と見つめ合う。

見えない引力で惹《ひ》かれ合うように、二人の距離が狭まっていく。

「あ～っ！　おにーちゃんとおねーちゃんが、学校で変なコトしてる～っ！」

朗らかな声が響き、真帆《まほ》が才人《さいと》たちの方に走ってきた。

朱音《あかね》は慌てて才人から離れ、膝に手を置いてそっぽを向く。

「な、なにもしてないわ！」

真帆は腰の後ろに手を組み、からかうように朱音の顔を覗《のぞ》き込《こ》む。

「え～、してたじゃ～ん♪　おに～ちゃんと唾液の交換し合って～、子作りしようとしてたじゃん！　いくら新婚夫婦だからって、学校で始めちゃうなんてヘンタイさんだよ～、きゃっ♥」

「始めてないわよ！　こんなとこじゃロマンチックじゃないし！」

「なるほどなるほど～、おね～ちゃんはロマンチックなところで、おに～ちゃんとの初めてをしたいんだねっ♪」

「……っ……っ……」

朱音はもはや反論する余裕すらなく、溶鉱炉の鉄のごとく顔を燃えさせて震えている。思考回路は跡形もなく吹き飛んでいる。

「わ、私はっ……」

言いかける朱音に、真帆がゲンコツを握り締める。

「応援してるよ、おね～ちゃん！　今ここでおに～ちゃんにキスして見せて！　ふぁいとっ！　がんばれっ！　き～す、き～す！」

「〰〰〰〰〰っ！」

朱音は限界に達して逃げ去っていった。

にひーっと真帆は悪戯《いたずら》っぽく笑っている。

「あんまり姉をいじめるな」

「いじめてないよ～、愛《め》でてるんだよっ♪　恥ずかしがってるおねーちゃんって、最高に可愛《かわい》くない？」

「まあ、それはそうだが」

「あむーっ！」

真帆がいきなり才人の耳に噛《か》みついてきた。

「なぜ噛む!?」

耳を守って飛《と》び退《の》く才人。

「ちょっとムカついたからだよ！」

「なにが!?」

真帆が才人を指差して糾弾する。

「やっと両想《りょうおも》いになったからって、おねーちゃんと朝から晩までイチャイチャしてるところとか、のろけてるところとか！」

「のろけてはいないと思うが……」

クラスメイトに目撃される危険も忘れて、良い雰囲気になっていたのは事実なので、強くは否定できない。

真帆《まほ》はうつむいて小さくつぶやく。

「ホント……ムカついちゃうよ」

「真帆……？」

急に空気が変わって、才人《さいと》は戸惑う。

「なんてね！　おねーちゃんの幸せを祝うのが、妹の役目だよね！」

真帆はいつも通りの笑顔に戻って、ベンチに腰を下ろした。

才人も真帆の隣でベンチに座る。

「家でのおねーちゃんはどう？　おかしくなってない？」

「おかしくは……なっている気がする」

才人に自分の手でごはんを食べさせたがったり、靴下を履かせようとしたり。以前の朱《あか》音《ね》からは想像もつかない姿だ。

「でしょー？　おねーちゃんって情熱的だから、愛するのも憎むのも全力なんだよね」

「そういえば、猫カフェを出禁になったって話を聞いたことがあるな」

真帆は呆《あき》れ顔《がお》で語る。

「そーそー。あのときは大変だったんだよ？　お小遣いを使い果たす勢いで、おねーちゃんがお気に入りの猫を可愛《かわい》がるため猫カフェに通って。猫がヘトヘトになったから、出禁になっちゃって。おねーちゃん、家でその猫の写真を眺めながら、半年くらいメソメソしてたんだから」

「物凄《ものすご》い熱量だな……」

去る者追わずだった才人とは正反対だ。

真帆が才人に顔を寄せ、真剣な表情で語る。

「覚悟しておいた方がいいよ、おにーちゃん」

「おけとは、朱音からも言われたが……」

「おにーちゃん、気が付いたらおねーちゃんに吸われまくって、干からびちゃってるかもしれないからね！」

「なにを吸われるんだ!?」

「そんなの決まってるじゃん、おにーちゃんのえっち！」

バシバシと真帆が才人の背中を叩《たた》いてくる。

真帆のスマートフォンから着信音が流れ始めた。真帆はスマートフォンを耳に当てて電話に出る。

「いえーい！　真帆だよ！　もちろん今日も元気！　おじーちゃんは？　あはは、おばーちゃんのことよろしくね！　えー、マジで？」

どうやら真帆《まほ》の祖父と話しているらしい、と才人《さいと》は思う。

真帆は上機嫌で相づちを打っている。

「うんうん！　金魚？　金魚って食べられるの？　アタシはハンバーガーがいいなー。へー、そうなんだ！　おばーちゃんも一緒に？　じゃあ行く行く！　楽しみにしてるねっ、天竜《てんりゅう》おじーちゃんっ！」

「俺の祖父かよ!!」

才人は愕然《がくぜん》とした。

「そーだよ？　天竜おじーちゃんとは、ちょくちょく電話してるからねっ！」

「ちょくちょく電話を!?　実の孫の俺すらそんなに電話しないのに!?」

Vサインを突き出して笑う真帆。

「血の繋《つな》がりなんて関係ないよー！　大事なのはソウルだYO！　真帆にとって天竜おじーちゃんは、もはや血縁を超えたおじーちゃん！　マブダチだYO！」

「いつの間にマブダチに!?」

「プリントシールも一緒に撮ったよ！　ほらほらっ、おばーちゃんと三人で！」

「なんというコミュ力だ……」

才人は脅威を覚えた。

放課後の朱音《あかね》はプンスカしていた。

周りに他の生徒の姿はない。食材の買い出しについて相談するなら、今がチャンスだろう。才人は朱音の席に近づくが、朱音は視線を合わせようともしない。

ぷいっと顔を背ける朱音。その前に回り込む才人。朱音はすぐ反対に顔をそらす。また才人が回り込む。

朱音は肩を怒らせて才人を睨《にら》みつけた。

「なによ!?　ブンブン飛び回られたら邪魔なんだけど!?」

「俺はハエか！」

「ハエじゃないわよ！　カナブンよ！　電球にぶつかってきて鬱陶しいのよ！」

「なんで怒ってるんだ？」

「あんたが…………してたから」

口ごもる朱音。

「よく聞こえない」

才人が顔を寄せると、朱音は頬《ほお》を紅潮させる。

「あんたが、真帆とイチャイチャしていたから！」

理由が可愛《かわい》すぎる。

「別にイチャイチャしていないが……」

「してたわよ！　真帆《まほ》に耳をはむはむされてたじゃない！　十時間ぐらい！」

「十時間は盛りすぎだろ！」

耳がボロ雑巾のようになりそうだった。

「でも、真帆とおしゃべりしてたし！」

「おしゃべりもダメなのか!?」

「ダメじゃないけど……なんかすっごく楽しそうだったし！　真帆のスカートに才人《さいと》が頭を突っ込んでいたように見えたし！」

「それは完全に目の錯覚だ！」

濡《ぬ》れ衣《ぎぬ》にも程があった。

「どうしたらいいんだ？　いつもそうだが、俺はお前とケンカがしたいわけじゃないんだ。できれば平和に過ごしたい」

「じゃ、じゃあ……」

朱音《あかね》は学生鞄《かばん》で顔を隠しながら、おずおずと才人を見上げる。

「一緒に帰ってくれたら……ゆるすわ」

「……っ」

このおねだりはずるい。才人はうなずくことしかできない。

　二人は教室を別々に出て、学校から二ブロックほど離れたところで合流した。人通りの少ないルートを選び、民家のあいだの狭い道路を進んでいく。

　朱音は才人の腕にしがみついて歩いている。

「他の生徒に見られるぞ」

「知らないもん」

「また騒ぎになったらどうするんだ」

「知らないもん」

　もんもん星人になってしまっている朱音。以前は恐ろしく攻撃的だったのに、想《おも》いが通じ合った途端、ギャップが大きすぎる。

　才人は駄々《だだ》をこねる朱音の可愛《かわい》さに屈しそうになりながらも、理性で堪《こら》える。

「学校からもう少し離れるまで待ってくれ。さすがにこの状態じゃ、人に見られたとき言い訳が利《き》かない」

「『セクハラ才人を交番に連行している途中』って言えば大丈夫よ！」

「大丈夫じゃねえよ！　セクハラなんてしたことないしな！」

「毎日してるじゃない！　人のベッドにこっそり忍び込んできて……そのまま朝までいるし！　恐ろしい犯罪者だわ！」

「俺のベッドでもあるんだから当然だ！」

「むう……」

朱音《あかね》はほっぺたを膨らませ、渋々といった様子で才人《さいと》から離れる。

――そんなにしがみついていたいのか……。

才人は面映《おもは》ゆい気持ちに悶《もだ》えながら、交差点に出た。

浮かれていたせいで、注意力が下がっていたのかもしれない。気付けば、轟音《ごうおん》と共にスポーツカーが右から迫っていた。

「才人！」

後ろから朱音に手を引っ張られ、二人して地面に倒れ込む。すんでのところで激突は免れ、スポーツカーはクラクションを響かせて走り去っていく。

朱音は顔を真っ青にして叫んだ。

「なにしてるのよ！　危ないでしょ！」

「すまん……ぼんやりしてた」

「あんたはいつもぼんやりしてるけど！　道を歩くときぐらい、しっかり周りを見なさいよね！」

「分かった。ありがとう」

才人は笑って起き上がった。

朱音は非難がましい視線を才人に向ける。

「笑ってる場合じゃないわ。本当に分かってる？」

「つい、嬉《うれ》しくてな」

「怒られるのが嬉しい……？　あんたって、そういうタイプだったの!?　わわわわ私、そういうのムリだから！　あ、でも、あんたがどうしてもって言うなら慣れるしか！」

慌てる朱音。

「性癖じゃない。うちの親は俺を心配して叱ったことなんてなかったから、朱音が叱ってくれたのが嬉しかったんだ」

「あ……」

朱音は口元を手で覆って、目を見張る。

今まで、才人のことを本気で怒る人間はいなかった。叔母の麗子《れいこ》は忠告してくれたりするけれど、やはりそこには幾ばくかの遠慮がある。教師やクラスメイトも才人のことは敬遠している。

朱音はゲンコツを固めて意気込む。

「だったら、これから毎日叱るわね！　五分に一回は才人の悪いところを見つけて罵倒できるように頑張るわ！」

「それはさすがに心が折れそうだな。お手柔らかに頼む」

才人は苦笑した。

手を取って立ち上がらせると、朱音《あかね》が顔を歪《ゆが》める。

「痛っ……」

「どうした!? 怪我《けが》でもしたか!?」

「ちょっと、捻《ひね》っただけ」

「捻っただけって……血も出てるじゃないか」

朱音の脚には擦り傷が刻まれ、靴下も破けている。

「このくらい、たいしたことないわ。あんたが無事なら、私はそれでいいの」

朱音は優しく微笑《ほほえ》んだ。

まるで女神のような笑顔に、才人《さいと》は言葉を失う。

今まで、これほどまでに才人を想《おも》ってくれた人はいなかった。憎しみも、愛も、悲しみも、他のあらゆる感情も、ここまで真剣に叩《たた》きつけてくれる人はいなかった。

この子を……決して失ってはいけない。

才人は心の中でつぶやいた。


とはいえ、物事には限度がある。

帰宅してからの朱音は、明らかに暴走していた。

「才人!?　どうしたの!?　具合でも悪いの!?　しっかりして！　生きてるなら返事して――！」

力任せにトイレのドアを叩く音と、廊下から叫んでくる声。

才人はトイレの中から答える。

「生きてるよ！　入ってから一分くらいしか経《た》ってないしな！」

「一分でも人は死ぬのよ！　人生は一瞬なのよ！」

「少なくとも俺は元気だ！　集中できないからそっとしておいてくれ！」

懇願する才人。

「なんに集中できないの!?　才人はそこでなにをしようとしているの!?」

「トイレだよ！」

「ホイレ!?　ホイレをしようとしてるの!?　ホイレってなに!?」

「俺が知りたい！」

「今すぐ開けるわ！　チェーンソーのストックはあったかしら!?」

「やめろー！」

目的を果たせず、才人は徒労感だけ背負ってトイレから出る。

廊下では、今まさに朱音がチェーンソーのエンジンをかけようとしているところだった。

危なかった。

「あっ、才人《さいと》。ホイレは終わったの？」

「ああ……ばっちりな」

ホイレがいったいどんな行為なのか、才人にはさっぱり分からないが、今は流しておくのが正解だろう。これ以上、朱音《あかね》を刺激したくない。

キッチンの方からは、紫色の蒸気と、奇妙な臭気が漂ってきていた。吸っているだけで鼻が腐りそうな迫力だ。

「なんかすごい臭いがするんだが……」

「お夕飯を作っているの」

「この臭いで!?」

「あっ、間違えたわ。お夕飯を創造しているの！　今までにない完全栄養食を創ろうと思って。要するに天地創造ね」

「普通でいいから！　いつもの朱音の手料理でいいから！」

才人は息を止め、決死の覚悟で突進してキッチンの扉を閉じる。

朱音は指を振って言い聞かせる。

「普通じゃダメよ。才人、学校の帰りに転んだでしょ？　体の回復を進めるためには、栄養をたっぷり摂《と》らないと！」

「転んだくらいで俺の体はダメージを受けないが……」

むしろ錬成中の完全栄養食によるダメージの方が大きそうだった。

朱音は瞳をきらめかせ、ご機嫌で才人に近づいてくる。

「材料、なにを入れたか聞きたいっ？」

「聞きたくない」

才人は即答するが、朱音は構わず続ける。

「えっとねー、豚の肝臓に、牛の肝臓に、鳥の肝臓でしょ？　あと、馬の肝臓に、クマの肝臓、鹿の肝臓、トドの肝臓……」

「肝臓尽《づ》くしだな！　俺の肝臓は別に弱ってないから！」

「肝臓以外のモノもたくさん入れてるわよ？　ドクダミとか、オオバコとか、ヨモギとか冬虫夏草とか……」

料理ができそうな気配はまったくない。恐らく待っているのは魔女の秘薬だ。

才人はそろりそろりと玄関の方に向かった。身の安全を守るため、ほとぼりが冷めるまで家から離れていなければならない。

「どこへ行くの？」

追いかけてくる朱音。

「ちょ、ちょっと、散歩だ」

「危険だわ！　迷子になっちゃうかもしれないわ！」

「ならん！　近所を歩くだけだ！」

朱音《あかね》は心配そうに眉を寄せる。

「でも、道端の変なモノを拾って食べちゃうかもしれないし……」

「俺は犬か！　変なモノを作ってるのはお前だろ！」

「道端の変なモノに食べられちゃうかもしれないし……」

「うちの近所には妖怪でもいるのか!?」

朱音の肩から紅蓮《ぐれん》のオーラが滲《にじ》み出《だ》す。

「クラスメイトにうっかりキスされて帰ってくるかもしれないし……」

「それは、その……」

言い訳ができない。

「とにかく、一人で出かけるのは危ないからダメ！　散歩は後で連れていってあげるから、今は大人しくごはんを待ってなさい！」

完全に扱いが犬だった。


夕食後、才人《さいと》がリビングのソファで本を読んでいると、朱音が参考書を持ってやって来た。

普段通り隣に座って勉強を始めるのかと思いきや……朱音はそのまま才人の膝の上に座る。なんの断りもなく、流れるように自然な着席である。

そういうものか、と才人も流してしまいそうになるけれど。

「いやいや!?　おかしいだろ!?」

「おかしい？　才人の顔の話？」

朱音は目をぱちくりさせた。

「どうして俺の顔の話になるんだよ！　お前が座っている場所の話！」

「私は椅子に座っているだけよ？」

「俺は椅子じゃねえ！　人間だ！」

「証拠はあるのかしら？」

「しょ、証拠だと……？」

「あんたは本当に人間なの？　椅子じゃないという証拠は？　そもそも人間と椅子を区別するのは、いったいなんなのかしら？」

そんなことは考えもしなかったから、いざ証明しろと言われたら方法がない。もはや哲学的な問いに足を踏み入れてしまった気がする才人である。

朱音が口を尖《とが》らせる。

「いつも糸青《しせい》さんにしてあげてるんだから、私だっていいでしょ？」

「シセは妹みたいなもんだしな」

「昼間も本当は……、その……、才人《さいと》の隣じゃなくて膝に座りたかったんだから。糸青《しせい》さんばっかりずるいわ！」

「そういえば陽鞠《ひまり》も……」

偽装恋人作戦のとき、陽鞠が同じことを求めてきたのを才人は思い出すが。

「陽鞠が……どうしたのかしら……？」

朱音《あかね》から絶対零度のオーラが漂ってきて、才人は口をつぐんだ。

声色は穏やかなのに、肩が小刻みに揺れている。朱音が握り締めている参考書が、結構な厚みがあるのに無惨に潰れている。

これは触れてはいけない話題だ。天変地異が湧き起こる恐れがある。

「俺は椅子です。どうぞお座りください」

才人は紳士的に推奨した。

しかし、小学生みたいに小さな糸青を膝に抱っこするのと、朱音を抱っこするのでは訳が違う。朱音がもぞもぞして、やわらかな太ももが才人の下半身を刺激してくる。

「お、おい……あんまり動かないでくれ」

「なんだか安定しないのよ。ちゃんと固定してなさいよ」

「こうか……？」

「ひゃっ!?」

才人が朱音の体に手を回すと、朱音が上ずった声を漏らした。恥じらいながらつぶやく。

「そ、そこは……胸だから」

「す、すまん……こうか……?」

「ええ……」

才人は朱音の腰に手を回す。くすぐったそうに首を縮める朱音。彼女の腰はすぐ折れそうなほど華奢《きゃしゃ》で弱々しく、才人は力加減が分からない。

朱音の背中から伝わる熱、悩ましい息遣いを感じて、才人の鼓動が速まっていく。健全な男子の欲望を抑えるだけで精一杯だ。

朱音がささやくように言う。

「……私ね。卒業記念パーティの後から、ずっと才人に会いたかったの」

「え」

才人は心臓が跳ねるのを感じた。

「パーティで才人と話したのは、本当に楽しかった。同年代の他の子たちとは違って、頭が良くて、いろんな面白いことを知っていて。もっと、ずっと話していたかった。会場の別荘に、泊まらせてもらいたかった」

「じーちゃんからは、泊まってもらえばと言われたんだがな……」

「あんたはビビりだものね」

ちょっとイジワルな口調で、朱音《あかね》がからかった。

「それは……否定できない」

「冗談よ。私だって、才人《さいと》に連絡する勇気もなかったんだから。パーティで話が合ったくらいで、図々《ずうずう》しいことはできなかった」

「そうだったのか……」

結局、お互いに惹《ひ》かれ合っていたのに、どちらも踏み出せなかった。そのせいで、時間を無駄にしてしまった。

「受験会場で才人を見かけたときは、驚いたわ。同じ高校に通いたくて、必死に問題を解いた。だけど……高校で再会しても、あんたは私を覚えていなかった。だから、悔しくて、悲しくて……、『大嫌い』になったの。大嫌いだと、思い込もうとしたの」

朱音の肩が小さく震えている。

「……ごめん」

「いいの。こうやって、ちゃんと伝えられたんだから。もしかしたら、すれ違ったままの未来もあったかもしれないけど、才人と一緒になれたんだから」

朱音は才人の腕を抱き締めて、愛《いと》しそうに頬擦《ほおず》りする。

彼女から注がれる無尽蔵の愛に、才人は生まれてから感じたことのない充足感を覚えた。

料亭でご馳走《ちそう》を食べても、常に学年一位の成績を取っても、決して満たされることがなかったのに。朱音がそばにいてくれるというそれだけで、頭の奥が溶けそうなほど熱い。

「俺は……ここにいて、いいのか？」

才人はかすれた声で訊《き》いた。

「ここにいなきゃ、ダメなの」

朱音は才人の手を握った。


寝ている朱音の隣で、才人が飛び起きた。

常夜灯の淡い光の中、朱音は眠い目を擦《こす》って起き上がる。

「どうしたの？」

「いや……なんでもない」

才人は誤魔化《ごまか》すが、なんでもないわけがない。凶暴な獣に追われたみたいに息は荒くなっているし、顎を冷や汗が伝っている。

「また……悪い夢でも見た？」

「…………」

才人は答えない。

でも、今の朱音《あかね》は察することができる。

新婚当初から、才人《さいと》は夜中にうなされていることが多かった。きっと……両親の悪夢に苛《さいな》まれているのだろう。あの両親は、それくらい才人の心に跡を残している。

「大丈夫よ、才人。私がいるから」

朱音は才人を抱き締めて横にならせた。

「大丈夫……大丈夫……」

甘やかすように頭を撫《な》でてやると、才人は安心して眠りに落ちる。自分を信頼しきっている彼の姿に、朱音はぞくぞくするのを感じた。

カラダが、熱い。

もっと、彼を愛したい。愛して愛して愛し尽くして、朱音だけで才人を満たしたい。

この感覚は、かつて猫カフェを出禁になったときに少し似ている。けれど、もっと熱くて、頭の奥が燃え盛るように感じる。

「大好きよ……才人」

朱音は才人の耳に唇を触れてささやいた。

おにーちゃんと
おねーちゃん
ラブラブだね～
ん
しーちゃんは…
悔しくないの？
シセは
兄くんが幸せなら
それでいい
ふーん…
でもアタシは…
おねーちゃんにも
幸せになって
ほしいんだよね
…どういう
意味？
なんでも
なーい♪

第二章 『溺愛』 episode2

朝の陽射《ひざ》しにまぶたを焼かれ、才人《さいと》が目を覚ますと、朱音《あかね》にシャツを脱がされていた。

「……!?」

才人は目を疑う。

——うん、これはきっと夢だ。もう一度寝直そう。

才人はまぶたを閉じるが、シャツのボタンは次々と外されていく。上にのしかかった朱音の荒い呼吸が、才人の胸をくすぐっている。あまりにも鮮明な感覚。

才人は跳ね起きる。

「やっぱり夢じゃないよな！」

「きゃあっ!?」

弾《はじ》き飛《と》ばされる朱音。なぜか白衣を着て女医のような格好をしている。

「急に動かないでよ！　びっくりするじゃない！」

「びっくりしてるのはこっちだ！　段階すっ飛ばしすぎだろ！　同意もないし！」

「同意？　そんなの必要ないわ！　才人は私のモノなのだから！」

傲然と顎をそびやかす朱音。

「私のモノって……」

才人はその言葉の響きにたじろぐ。他人に私物化されるのを喜ぶわけではないけれど、こんな愛らしい少女に所有されるのは、心がうずくものがあった。

「脱がされるのが嫌なら、自分で脱ぎなさいよ。始められないでしょ」

「始め!?　なにを始めると言うんだ!?　夜でもないのに!?」

「ほら、早く」

朱音が才人の肩を優しくつつく。

想《おも》いが通じた途端、驚愕《きょうがく》の朝。朱音がここまで積極的な少女になるとは、才人も予想していなかった。

「わ、分かった……」

流されるように、才人はシャツを脱ぐ。

半裸になった才人に、朱音がベッドに手を突いて迫ってくる。淫らに軋《きし》むスプリング。

朱音が才人の体に手を伸ばし……。

「えいっ」

ひんやりとした感触が才人を見舞う。

朱音が手に持った聴診器が、才人の胸に押しつけられている。

「本当にお前はなにをしている!?」

朱音《あかね》はうっとりとつぶやく。

「ふうん……これが才人《さいと》の心音ね……。とくん、とくん、って音してる……」

「おい朱音！　質問に答えろ！」

「大きな声を出さないで！　心音が聞こえづらいでしょ！　怒るわよ!?」

「なぜ俺が怒られる!?　勝手に心音を聞かれている俺が怒るべきでは!?」

「あんたの心音は私のモノよ！」

「格好《かっこ》いい……のか!?　いや格好良くないな！　訳が分からん！」

病気でもないのに、起床直後に聴診器を当てられているこの状況。学年一位の頭をもってしても理解不能だ。そもそも朱音の思考が理解できたことは少ないのだが。

朱音が聴診器を下ろす。

「……もっと、才人のことをよく知りたいのよ」

「え……」

「私って、一緒に暮らしているのに、あんたのことをよく知らないから。もっと知りたい。心音だって知りたい。そう思うのは、変なことかしら……」

悲しそうに語る朱音に、才人はすまない気持ちがしてしまう。異常な行動だと驚いてしまったのは、完全に邪推。不器用ながらも、朱音は真剣だったのだ。

「悪かった。好きにしてくれ」

「ええ！ 全部好きにするわ！」

「全部……？」

まだ不穏なワードが残っている気がするが、これも才人の邪推だろう。愛し合っている少女を信じられないようでは、男としてまだまだだ。

「さあ来い！ 俺の音を聴け！」

才人は両手を広げて、朱音を受け入れる。

朱音は嬉々《きき》として、聴診器を才人の裸身に当てる。

「これが才人の気管の音……ちょっと弱っている感じがするわ……。臓器の音もするぅ……品性の無さが滲《にじ》み出《だ》した音ね……。はぁ……はぁ……」

「朱音……？」

才人は異変を感じた。引き返さないとまずい気がした。

「もっと……才人のことを知りたいわ……。臓器の奥の奥まで……。聴診器で聴いているだけじゃ物足りないわ……」

「朱音!? 朱音ーっ!? 戻ってこい！」

才人は呼ばわるが、興奮しきった朱音は戻ってこない。頰《ほお》は火照り、目はグルグルになっている。才人の体のあらゆるところに聴診器を滑らせていく。

明らかに朱音の様子がおかしい。このままでは解剖されてしまう可能性すらある。

「こ、このぐらいでいいか？　俺はちょっと用事が……」

才人《さいと》はさりげなく逃げようとする。

「用事？　浮気？　浮気でもするのね!?　それは許さないわ！」

朱音《あかね》は聴診器のチューブをばちーんと縄のように引っ張って鳴らした。

「誰が寝起きでいそいそと浮気するか！」

「じゃあ、なに？　深海魚でも釣りに行くの？」

「よりによってなぜ深海魚!?　俺の趣味は釣りじゃないしな！」

「そんなに私に臓器の音を聴かせたくないの……？」

聴かせたくないわけではなく、臓器をもぎ取られるのが恐ろしいだけなのだが。なんとか釈明しないと、朱音は引き下がってくれないだろう。

「用事は……その……歯磨きだよ！　爽やかな朝は、爽やかな歯磨きから！」

才人は親指を突き上げた。

「歯磨きなら準備してるわ！」

朱音は才人の歯ブラシを突き上げた。

「なぜ!?」

びくつく才人。

「既に……俺の行動を計算済みだったというのか……？　十四手先まで、朱音は読んでいた……？」

「なにを言っているの？　私は才人の歯磨きをしてあげたいだけよ？」

「いや、子供じゃあるまいし、普通に自分でやれる」

そもそも親に歯磨きをしてもらった経験もない。

「そんなに歯磨きしてほしいの？　もー、仕方ないわねー」

「ハナシ！　キケ！　オレ！　ハナシテル！」

才人は動揺のあまり片言だった。

そんな才人に対し、朱音は傾聴の姿勢も情状酌量の余地も一切ない。楽しそうに才人の口に歯ブラシを突っ込んでくる。

「あがっ!?」

「動いたら危ないわ。綺麗《きれい》にしてあげるから、じっとしていてね。ＹＥＳなら瞬《まばた》きで合図」

才人は人生始まって以来のスピードで瞬きを連射した。ＮＯの合図が決められていないところから察するに、選択肢はＹＥＳしか存在しない。

朱音は才人の歯を丁寧にブラッシングしていく。ベッドに手を突き、熱心に才人の口の中を覗《のぞ》き込《こ》んでいる。

人から体の奥をいじられるというのは、不思議な感覚だった。歯医者でメンテナンスされたことはあるが、あれは飽くまで治療。身近な相手からブラッシングされるのは、まったく違う。歯茎がむずがゆく、胸がくすぐったくなってくる。

「歯ブラシだけじゃ、隅々まで磨けないわね……」

朱音《あかね》が歯ブラシをコップに置き、指を才人《さいと》の口に滑り込ませてきた。

細い指が、才人の口の粘膜をなぞり上げていく。

歯と歯茎のあいだを密《ひそ》やかに撫《な》で、舌を優しく伝っていく。

朱音は才人に覆《おお》い被《かぶ》さり、甘い吐息が才人の唇に触れている。

まるで、口を通して彼女に全身を愛されているかのような感覚。キスよりも淫靡《いんび》な行為に、才人は意識が溶かされていくのを感じる。

「ねえ……才人。どうかしら？　ふふっ……気持ちいいのね」

ぼんやりと瞬《まばた》きをする才人に、朱音が艶然と微笑《ほほえ》む。

歯磨きが終わると、朱音は指をスライドグラスでぬぐってから、寝室を出て行った。

口の中を余すところなく蹂躙《じゅうりん》された才人は、息も絶え絶えでベッドに横たわる。目覚めから刺激が強すぎて、理性を保つのが難しい。

すぐに朱音は寝室に戻ってきて、金属の塊をサイドテーブルにどんと置いた。

爽やかな朝から、本格派の顕微鏡である。

「どうして……顕微鏡を……？」

才人は訝《いぶか》しんだ。

「今採取した才人の口腔《こうくう》上皮細胞を観察するの！」

「口腔上皮細胞……？」

「口の中の皮膚の細胞よ。ＤＮＡ鑑定とか、感染症の検査に使ったりするでしょ？ あんたって、そのくらいも知らないのね」

「それは知っているが！ なぜ俺の口腔上皮細胞を観察する!?」

「細胞の一欠片《ひとかけら》に至るまで、才人のことを知りたいからに決まってるじゃない！ 採れ立てだから、きっと違うわよ♪」

朱音は浮き浮きとスライドグラスに薬液を垂らし、試料台に設置する。顕微鏡のピントを調節し、接眼レンズを覗《のぞ》き込《こ》む。

「わ～、これが才人の口腔上皮細胞なのね～♪ 核がよく見えるわ～。この一つ一つが、小さな才人なのよね～♪」

「ひっ……」

才人はぞっとした。

愛されるのは悪くない。興味を持たれるのも嬉《うれ》しいことだ。しかし、その興味の抱き方が、実験生物に対するようなものでは恐怖しか感じられない。

「一部の細胞に、この薬剤を垂らしてみたら……どうなるかしら？ わあっ、溶けた溶けた！　跡形もなく溶けたわ～！　ねえねえ、才人《さいと》！　どう思う？」

「ごめんなさい」

才人はベッドに手を突いて平伏した。無条件降伏の構えだった。

「なんで謝るのよ？」

「俺を溶かすための実験をしているんだろう……？」

「違うわよ！　あんたの体が各種の薬剤にどんな反応を示すか調べているの！」

「ほら見ろ、溶かす気満々じゃないか！」

「あんたの代わりに細胞を溶かしてるから問題ないでしょ！」

問題はないが抵抗は非常にあった。まるで見せしめだ。

朱音《あかね》が顕微鏡のスイッチを押すと、側面からノズルが伸び、スライドグラスに青い炎を吹きつける。

「この顕微鏡、研究所が特別に開発したらしくて、いろいろ便利なのよ？　細胞を千度まで加熱して反応を調べたりできるから、才人が千度になったときの反応も分かるの！」

「調べなくても消し炭になるって分かるわ！」

「才人は変人だから、五七七二ケルビンの高熱にも耐えるかもしれないし……」

「俺は太陽に突入して無事帰還できる超人じゃない！」

そもそも朝から口腔《こうくう》上皮細胞を強制採取してくる少女に変人呼ばわりされるのは、才人も納得できなかった。

朱音はとっておきの花束のように顕微鏡を抱き締める。

「あとね、あとねっ、この顕微鏡、撮影機能もあるの！ 才人の全身の各種細胞を採って、細胞のアルバムも作ってあげるわね！ あんた、アルバムもらって喜んでたし！」

「普通のアルバムは嬉《うれ》しいが……細胞のアルバムは要らんからな！」

「素直じゃないわね〜。つまり欲しいってことね！ 分かったわ！」

「分かってない！」

才人はゆっくりとベッドから降りた。視線だけを走らせ、素早く退路を確かめる。朱音はドアの方にいるから、逃げられるとしたら窓くらいだ。

「あんたの胃カメラも撮ってみたいわ。鼻からファイバースコープを挿入して、気管支の写真も撮りたいし！ あっ、そうそう、血管内を移動してデータを集めるナノマシンもいただいたのよ！ すごいでしょ！」

不穏な機材の数々を、朱音がジュラルミンケースから取り出す。

「そんなもん、どこで手に入れた!?」

「糸青《しせい》さんから譲ってもらったのよ！ 北条《ほうじょう》グループの研究所の特製なんだって！ 才人のDNAは糸青さんも使いたいから多めに採取してほしいって頼まれたわ！」

「くそっ……俺は被験体にはならないぞ！ 絶対に逃げ延びてみせる！」

「うふふふふ……」

後じさる才人《さいと》に、朱音《あかね》が妖しい笑みを浮かべてにじり寄った。


数学の授業中、陽鞠《ひまり》はノートに隠れてあくびを漏らした。

しょっちゅう勉強を教えてもらうのは才人に悪いし、きちんと授業を聞いておかなければと思うものの、やはりどうしても数学には苦手意識がある。変な偉人が登場する歴史とは違って、数字の羅列を眺めていると頭が混乱してくる。

一方、朱音は今日も熱心にノートを取っている。小学生の頃から朱音はいつも真剣に勉強をしている。手抜きをしているところなんて、陽鞠は見たことがない。

——朱音、偉いなあ……。尊敬しちゃうよ……。

陽鞠がこっそり朱音のノートを覗《のぞ》き込《こ》むと、そこに書かれていたのは。


好き才人才人才人才人才人才人才人才人才人才人才人才人才人才人才人しゅきしゅきさいと

「きゃあああああああ!?」

陽鞠の悲鳴が授業中の教室に響き渡った。

朱音が肩を跳ねさせる。

「ひゃっ!? 陽鞠!? どうしたの!? 虫でもいた!?」

「どうしたのは朱音だよ! なに書いてるの!?」

「え? 授業のノートを取ってるだけよ?」

「取ってないよ! ノート一面びっちり怪文書になってるよ!」

陽鞠は朱音のノートを取り上げて指摘する。

ページをめくってみたら、一面どころではない。ノートの始めから終わりまで、ひたすら才人好き好きと書かれている。

「おーい、石倉《いしくら》~。騒いでないで、ちゃんと座って授業を聴け~」

数学の教師が注意する。どっと笑うクラスメイトたち。

こういうとき、優等生の朱音が叱られることはなく、遊んでいると誤解されやすい陽鞠が叱られるのは理不尽だ。

陽鞠は腑《ふ》に落ちない思いで着席する。口元を手で覆い、朱音に小声で話す。

「大丈夫? 最近、小テストの点数も下がってるみたいだけど……」

朱音《あかね》は朗らかに笑う。

「大丈夫よ。大好きだから」

「なにが大丈夫なの!? 全然答えになってないよ!?」

「大好きっていうのが世界の真実なの。つまりテストを解かなくても答えは開かれているの。すべての答えは四十二なの！」

「朱音っ、しっかりして！ 朱音ーっ！」

「大丈夫なの。大好きなの」

壊れたロボットのように繰り返す朱音。

「うわーんっ！」

陽鞠《ひまり》は朱音を抱きすくめて泣いた。


夕食の片付けを済ませた後は、才人《さいと》が読書、朱音が自主学習に励む団欒《だんらん》の時間だ。

しかし、今日の朱音は参考書を持ってこようともせず、リビングのソファで才人の腕にしがみついている。

ぎゅっと目を閉じ、才人の肩にひたすら顔をすりすりしている。その姿は可愛《かわい》い。間違いなく可愛いのだが。

「昨日もしていなかったみたいだが、勉強はしなくていいのか……？」

才人は尋ねた。

朱音は小さな子供のように目をぱちくりさせる。

「べんきょう……？」

「そう、勉強だ。お前が三度のメシより大好きなヤツだ」

「わたしがだいすきなのは、さいとよ？」

「かはっ……」

才人は一瞬で意識を持って行かれそうになるが、唇を噛《か》んで踏《ふ》み留《とど》まる。

「受験もあるんだから、勉強はしないとまずいだろ。お前の夢は、医者になることなんだろ？」

まさか自分がこんな良識的なことを言い聞かせる側になるとは、予想していなかった才人である。

朱音はきょとんとしている。

「おいしゃさん……？」

才人は穏やかに語りかける。

「ああ、医者だ。思い出してきたか？　ここは日本、お前は朱音、そして俺は才人だ」

「さいと！　すきーっ！」

朱音《あかね》は無邪気に才人《さいと》に飛びついてくる。

——完全に脳が退化している！　これが色ボケというヤツか！

才人は朱音にむしゃぶりつかれ、早くなんとかしなければと思いつつも、その可愛《かわい》さに呑《の》まれて力尽きた。


3年A組の教室に響く、賑《にぎ》やかな声。

「しーちゃん、しーちゃん！　行列のできるお店で買ってきたチーズ入りラングドシャだよ！　食べてー！」

真帆《まほ》が箱から焼き菓子をひょいっと投げ、糸青《しせい》がぱくっと食べる。

「むぐむぐ……。うまし」

「でしょー！　朝一で突撃して買ってきたんだよ！　愛するしーちゃんのためにねっ！」

抱きつく真帆の顎を、糸青が押《お》し退《の》ける。

「ジャマ。今、シセはチーズを味わうことに命を懸けている」

「えー、いいじゃん、いいじゃん。しーちゃんは味に集中して！　アタシはしーちゃんの小《ち》っちゃな体の抱き心地を感じることと、髪の匂いを嗅ぐことに集中するから！　すぅ……はぁ……」

「集中できない」

「つまりしーちゃんもアタシのカラダを感じちゃうってコト!? やーん、えっち♪ いいよ、いっぱい感じて♥」

真帆《まほ》は糸青《しせい》の頭に鼻を擦りつけまくる。

「あまりに狼藉《ろうぜき》が続くなら、シセは法廷に出ることも辞さない」

「やったー！ しーちゃんと法廷でバトルだー！」

「むぐむぐ」

なんのかんのと言いながら、糸青は真帆のハグから逃げようとせず、ひたすらチーズスティックを与えられて咀嚼《そしゃく》している。

才人《さいと》は自分の机に片頬杖《かたほおづえ》を突いて二人を眺める。

「お前たち、いつの間にか仲良くなってるな」

「しーちゃんとアタシはマブダチを超えたマブマブダチだからね！ もう魂の友、たまともってゆーか？ ねっ、しーちゃん！」

真帆は大はしゃぎで糸青の顔を覗《のぞ》き込《こ》む。

「違う。真帆はタダのストーカー」

「純愛だよっ！ だってしーちゃんのことが大好きだからっ！」

ぐいぐいとほっぺたを押しつける真帆と、ほっぺたを潰されて迷惑そうにする糸青。ここまで糸青と距離感が近いのは、付き合いの長い才人や留衣《るい》くらいのものだろう。

天竜《てんりゅう》だけではなく糸青とも仲良くなっているとは、真帆のコミュニケーション能力はさすがだ。知らぬ間に外堀を埋められているようで、行く末が恐ろしい。

陽鞠《ひまり》がよろめきながら才人の席にやって来る。

「大変……。大変だよぉ……」

才人は穏やかに手を差し伸べる。

「どうした、勉強が難しすぎて脳でも吹き飛んだか？　病院に連れていこう」

「脳が吹き飛んだらもう手遅れじゃない!?」

糸青がよだれを垂らして陽鞠に手を差し伸べる。

「待って。シセはまだ人間の脳は食したことがない」

「だからなに!?　違うよね!?　そういうことじゃないよね!?」

陽鞠は我が身を抱き締めて怯《おび》えている。

「しーちゃん、食べたいならアタシの脳を食べて！　どうせあんまり使わないし！」

「助かる」

首肯する糸青。

「やめろ！　真帆はもっと自分を大事にしろ！　シセは本気でやるぞ！」

「えっ……おにーちゃんが心配してくれてる？　これは愛!?　アタシも愛してるよ、おにーちゃーんっ！」

　真帆《まほ》は才人《さいと》に飛びついてくる。

「やめろ鬱陶しい！」

「そうだよ、アタシは鬱陶しいよ！　それが愛なんだよ！」

「暑苦しいだろが！　離れろ！」

　才人が押《お》し退《の》けると、真帆は顔を背ける。

「いいじゃん……別に。アタシができるのは、これくらいなんだから。……おねーちゃんと違って」

「真帆……？」

　普段と違って寂しげな真帆に、才人は違和感を覚える。いや、この眼差《まなざ》しには、覚えがある。高熱を出した真帆を病院に運んだときに見た眼差しだ。

　陽鞠《ひまり》は才人の机に手を突いて、深々とため息をつく。

「大変なのは、私じゃなくて朱音《あかね》なんだよ……。なんかね、家庭科室で才人くんのヌイグルミを作っててね……」

「藁《わら》人形の代わりに五寸釘《ごすんくぎ》を打ち込むのか。いつもの朱音じゃないか」

「それがいつもっていうのもおかしいけど！　そうじゃなくて、作ってるあいだずっとヌイグルミに話しかけてるんだよ。『才人しゅきしゅき』って呪文みたいに……」

「怖っ！」

才人は現場を想像して震えた。

「ね⁉　怖いでしょ⁉　しかも一体じゃないし！　もう五十体くらい作ってるのに、足りないって言うし！　家庭科準備室が才人くんだらけになってるし！」

「よく教師に怒られないな」

陽鞠は遠いところを見る目になる。

「朱音、めちゃくちゃ優等生だから……。『やっと朱音ちゃんに好きな人ができたのね！　応援するね！』って家庭科の先生がヌイグルミの作り方を指導してくれてるし……」

「さすがアタシのおねーちゃん！　友達はひまりんしかいないけど、先生には大人気！」

「姉にひどくないか？」

「ひどくないよ！　アタシも友達ほとんどいないからねっ！」

ピースサインを突き出す真帆。

「すがすがしいな……」

「おにーちゃんはいるの？」

「ほぼいないが」

「ほら仲間じゃん！　おにーちゃんのぼっちー！　ぼっちっちー♪　アタシが構ってあげないと寂しいでちゅねー♪」

真帆《まほ》は口元に手を当てて煽《あお》ってくる。

「なぜその立場でドヤれる……」

才人《さいと》は早く一人になりたい気持ちでいっぱいだった。読書にしろゲームにしろ、一人静かに没頭しないとできないことは多いのだ。

糸青《しせい》はチーズラングドシャを箱ごと食べ終え、満足げに指をちろりと舐《な》める。

「朱音《あかね》が大変なことになっているのは間違いない。シセも見てしまった。兄《あに》くんが寝ている横で、朱音が兄くんからもらった指輪に五時間くらいキスし続けていたのを」

「寝ろよ！」

朝から朱音が妙にフラフラしていたことがあったが、ようやく謎が解けた才人である。

「でも、なぜシセがその現場を目撃できる？　最近は家に遊びに来ていないし……また忍び込んでいたな？」

「なんのことやら。忍び込まずとも、シセは千里眼を持っている」

「隠しカメラか？」

才人は糸青のほっぺたを餅のように引っ張って伸ばす。

「この程度の拷問、シセには効かない。シセのほっぺたは最大五十メートルまで伸びる」

糸青は腕組みして堂々と構えている。自白する気配はない。

真帆が才人の机の上に座って嘆く。

「アタシもさー、おねーちゃんからおにーちゃんの音をひたすら聴かされて、へとへとだったよ〜」

「俺の音……？」

「そ。おにーちゃんのお腹《なか》が動くときの蠕動音《ぜんどうおん》？　とかゆーの。三時間くらい聴かされたかなー」

「朱音え……」

涙ぐむ陽鞠《ひまり》。

「いつ録音されたんだ……」

才人は居たたまれない思いになった。

「なんか……すまん。朱音が迷惑かけてるな」

「その謝り方はムカつく」

真帆が才人の鼻先に指を突きつけた。

「え？　なんでだ？」

「『俺の朱音が迷惑かけて〜』みたいな感じが、夫婦っぽくてムカつく」

「一応、夫婦だしな」

「でもイヤなの！　ちゃんと『キモい蠕動音を出してごめんなさい』って謝って！」

「蠕動音までコントロールできるか！」

「シセは食べたいときにいつでもお腹《なか》の音を鳴らせる」

く~っと愛らしく実演してみせる糸青《しせい》。

「ほら！　しーちゃんはできるよ！　お腹の中まで可愛《かわい》いんだよ！　おにーちゃんなんだからできるでしょ！」

「無茶《むちゃ》言うな！」

潜在能力が計り知れない宇宙人と同列に語られても困る。

糸青が首を傾《かし》げる。

「朱音《あかね》、色ボケしてる？」

「どう見てもね……」

頭を抱える陽鞠《ひまり》。

「おねーちゃんって、元から暴走するタイプだしね」

「早くなんとかしないとな……」

でなければ、いずれ二人の関係が学校で露見してしまう。受験を控えたセンシティブな時期に、教師たちから睨《にら》まれる騒ぎは起こしたくない。

陽鞠が背を屈《かが》め、才人《さいと》に顔を寄せてささやく。

「でもさ~、才人くんも悪いと思うんだよね」

「俺……？」

「だいぶ昔から、朱音って才人くんのこと好きだったみたいだし？　焦《じ》らされまくって、やっと両想《りょうおも》いになったら、暴走しちゃうよね。ほぼ性欲ってゆーか？」

「あ、朱音にそういうのはないだろう……」

才人はたじろいだ。

「あるよ～、女の子だもん。私だって才人くんのこと、えっちな目で見ちゃうし♪」

「そ、そうか……」

率直すぎる物言いに、才人は耳が熱くなるのを感じた。

「あー、才人くん照れてる？　かわい～♥」

「兄《あに》くんの変態」

「おにーちゃんのヘンタイ♪」

妹二人から刺さる視線が痛い。ついでに二人が指を突き刺してくる頬《ほお》も痛い。

「なぜ俺が責められる……」

「才人くんが悪いからだよ♪　だからー、朱音の暴走を止めるのも、才人くんじゃないと無理なんだよ」

「どうしたらいいんだ？」

陽鞠は人差し指を立て、くすっと笑う。

「今の朱音は、熱くなりすぎちゃってるから、ちょっと冷ましてあげればいいんだよ。才人くんがあえて冷たいことをして、ケンカしてみるとかね？」

「俺……死ぬのか？」

才人《さいと》は惨劇を予期した。

「死なないよ～。今の朱音《あかね》は才人くんにベタ惚《ぼ》れなんだから」

糸青《しせい》が頼もしく胸を叩《たた》く。

「いざというときはシセが兄《あに》くんを守ってみせる。北条《ほうじょう》グループの研究所から、新しくロケットランチャーをもらったから使ってみたい」

「俺を守る前に日本の法律を守ろうな！」

妹が嫁とロケットランチャーで戦う事態は避けたい。

陽鞠《ひまり》が才人の方に身を乗り出してくる。

「ねっ、私のアイディアどうかな？　スマホだって熱くなったら水をかけて冷やしたりするでしょ？」

「そんなことをしたらスマホは壊れるが」

「えっ……だから壊れたんだ!?」

目を丸くする陽鞠。

「やったことあるのかよ！」

「保険も入ってなかったから大変だったよー」

「だが、陽鞠の案には一理あるな」

「でしょでしょっ？　私、役に立った？」

「ああ。このまま朱音を放っておくと、受験も失敗しそうだし……冷静になってもらうしかないな。俺という人間の嫌なところ、余すところなく解放してみせる！」

　才人は拳を固めて意気込んだ。


　高校の廊下を才人が歩いていると、朱音が追いかけてきた。

「才人！　ねえ、才人ったら！」

「どうした？」

　立ち止まって振り返る才人。

　朱音がハンカチに包んだ弁当箱を差し出す。

「あんた、またお弁当を持っていくの忘れてたわよ。キッチンのテーブルに置きっぱなし。記憶力はいいくせに、こういうのはダメダメよね」

　才人はニヒルに口角を吊《つ》り上《あ》げた。

「ああ……それか。わざとに決まっているだろう」

「えっ……」

固まる朱音《あかね》。

「今日はチョコパンが食べたくてな。弁当を食べている場合じゃないから、置いていったんだ」

「チョ、チョコパン……？　私の手料理より、チョコパンがいいの……？」

朱音が声を震わせる。

既に胸が苦しくなってきた才人《さいと》だが、朱音の暴走を止めるには仕方ない。あえて悪い男を演じるため、無造作に前髪を掻《か》き上《あ》げ、忌々しげに告げる。

「あるだろ？　無性にチョコパンを食べたいときって」

「私はないけど……」

「男にはあるんだ。体がチョコパンを求めてる。正直、今は女なんかより、チョコパンのことしか考えられないんだよ」

「そ、そう……」

朱音はうつむいている。唇を噛《か》み締《し》め、肩をわななかせる姿から、怒りが激しく伝わってくる。

才人は死を覚悟した。生きた痕跡も残らぬまで破壊される未来を予想した。

しかし。

「ご、ごめんね……？　才人だってたまにはチョコパン食べたいわよね。私の手料理、飽きてたのよね？　今度から頑張ってチョコパン作るわね……？」

朱音は泣きそうになりながら才人を見上げた。

「くっ……！」

破壊されたのは才人の体ではなく心である。罪悪感が凄《すさ》まじいスピードで膨れ上がっていく。

「お弁当は……自分で食べるわ……。冷凍しておけば、明日くらいまでは保《も》ちそうだし……。ごめんね……」

朱音は弁当箱を抱き締め、唇を噛んで立ち去ろうとする。

「ま、待て！」

才人は朱音から弁当箱を引ったくった。その場でハンカチを解いて蓋を開け、炊き込みご飯を掻き込む。

「うおおおおお旨《うま》い！　旨いぞ！　昆布とキノコのダシが利《き》いた、絶妙な味わいの炊き込みご飯だ！　煮込むと硬くなりがちな鶏肉《とりにく》を、しっとりやわらかく仕上げているのもニクイ！　おかずの卵焼きも、ふっくらジューシーでたまらない！」

ぽかんとする朱音。

「才人……？　お弁当は食べたくなかったんじゃ……？」

「それはいっときの気の迷いだ！　俺はチョコパンに惑わされていた！　やっぱり俺には

朱音《あかね》の手料理しかないんだ！　世界一の料理だから！」

「も、もう……才人《さいと》ってば……」

朱音は赤くなって恥ずかしがる。

「ふう……ごっそさん！　旨《うま》すぎて一瞬で食べてしまったぜ！」

才人はカラになった弁当箱を朱音に返した。

結果として早弁である。学校のルールなどという些事《さじ》は気にしていられない。

「良かったわ！」

「ああ、それじゃ……」

才人が去ろうとすると、朱音が新たな弁当箱を差し出す。

「念のため、もう一つ持ってきていたの！　そんなに気に入ってくれたのなら、おかわり欲しいわよね！」

「あ、いや……」

後じさる才人。

「食べてくれないの……？」

朱音は涙目で才人を見上げる。

「食べます！　食べさせてください！　朱音の手料理は、どれだけ食べても素晴らしいなあ～！」

才人は慌てて弁当を掻《か》き込《こ》んだ。

喉に詰まりそうになるが、強制的に唾液を生産することで炊き込みご飯を胃に流し込む。

これは人体の限界との闘いである。

朱音は笑顔で才人を見守る。

「うふふ。喜んでもらえて嬉《うれ》しいわ。教室に、あと二つあるからね♪」

「あと二つ————!?」

才人は改めて死を覚悟した。


才人が四人前の弁当を食した翌日。

「お待たせ。フルコースの前菜、季節野菜のテリーヌよ」

朱音が才人の机に真っ白な皿を置いた。皿に載っているのは、色鮮やかな野菜をゼリーで固めた本格派のフレンチ料理だ。

「なぜ……フルコースを……?」

才人は朱音を見上げて問うた。

「あんたに美味《おい》しいモノを食べさせてあげたいからよ。悪い?」

「悪くはないが……なぜ学校でフルコースを作ってくる!? どうやって作った!?」

二人がいるのは3年A組の教室。自宅ですらない。昼休みの教室には、他にも弁当を食べているクラスメイトたちがたくさんいる。

朱音《あかね》は腰に手を当てて堂々と言い放つ。

「もちろん休み時間に家庭科室で作ったのよ！」

「やりたい放題だな！」

いくら朱音が優等生といえど、教師はもう少し厳しくなった方が良い。

「やりたい放題じゃないわ。あんたはお肉が大好きだし、本当は教室でバーベキューをしてあげたかったんだけど、それはガマンしたし！　偉いでしょ？」

朱音は胸を張った。

「別に偉くはないし、教室バーベキューは無法地帯すぎる」

「いいから食べて♪　自分で食べられないなら、私が……」

「大丈夫だ、自分でやれる！」

才人《さいと》は慌てて紙ナプキンを膝に置き、ナイフとフォークでテリーヌを切り分ける。

どうして紙ナプキンやナイフやフォークまで用意されているかは分からないが、考えてはいけない。

テリーヌを口に運ぶと、コンソメ味のゼリーが口の中でほぐれ、アスパラガスと海老《えび》が歯応えを楽しませてくれる。

才人が連れて行ったフレンチレストランとも闘えるレベル。やはり朱音、暴走していても料理の腕だけは確かだ。

「……旨《うま》い」

才人は認めざるを得ない。

「えへへ。今、家庭科の先生が甲殻類のビスクの仕上げをしてくれてるからね！　完成したら持ってきてもらうわ！」

「教師に手伝わせてるのか!?」

「ほとんど私が作ってるのよ？　プロみたいにテンポ良く料理を提供するには、一人じゃ厳しかったから。配膳のテンポも含めて、フルコースの評価に関わってくるのよ。才人に変なレビューつけられたくないもの」

「お前のレビューはどこに投稿したらいいんだ」

ちなみに才人的には百点満点である。

「朱音、もうシェフを目指した方がいいんじゃないのか？」

「私の夢は飽くまでお医者さんよ。おばあちゃんが料亭を経営しているから、そういうことには詳しいってだけ」

朱音がさりげなく才人の椅子に座ってくる。いや、まったくさりげなくはない。才人をお尻で押し出す勢いで椅子を占拠してくる。

「自分の椅子に座れよ！」

「家でも同じソファに座ってるじゃない」

「ここは学校だ！」

「どっちでも同じよ！　それともなに？　あんたは私に離れていてほしいの？　嫌いになっちゃったの？　やっぱり私みたいに性格の悪い子はイヤなの……？」

朱音《あかね》は哀《かな》しそうに震える。

「ぐ……そういうわけではないが……」

朱音の暴走を冷却しようという才人《さいと》の試みは、功を奏するどころか逆効果。余計に朱音はヒートアップしている。

もはや自分が学校にいるという自覚もなくなっているのか、才人の腕にしがみつき、才人の肩にすりすりと頭を擦りつけている。

この状況でクラスメイトたちが気付かないはずもなく。

「北条《ほうじょう》と桜森《さくらもり》がイチャイチャしてる……」「だよね？　私の目の錯覚じゃないよね？」「幻かと思ったけど……」「え、なに？　二人になにがあったの？」「陽鞠《ひまり》ちゃんとはどうなったの？」「ドロドロの関係？」

ざわめきながら、遠巻きに眺めている。衝撃的すぎて、近づいてくる勇気は出ないらしい。机の下に隠れている者もいる。

「しゃー！」

朱音が野良猫のように両手を上げて、クラスメイトたちに威嚇する。

「桜森さんが威嚇してる！」「気を付けろ！ 下手に動いたら死ぬぞ！」「噂《うわさ》に聞いたことがある……『鮮血の桜森』の伝説」「小学生の頃、桜森さんと石倉《いしくら》さんにケンカを売った人たちが血祭りになったんだよね……」「わ、私たちお邪魔だったかな〜」「ごゆっくり〜！」

クラスメイトたちは脱兎《だっと》の如《ごと》く教室から退散していく。

教室に残されたのは才人と朱音の二人だけ。

「クラスメイトに威嚇するな」

「あいたっ⁉」

才人は朱音の頭に手刀を下ろす。

「あんたが私を攻撃するなんて……」

「あ、すまん。手加減したつもりだったが、痛かったか？」

「ううん、全然。もっとシてほしいくらいだわ……。ね、もう一回やってみて……」

朱音は目をグルグルに回して才人の腕にすがりつく。

「ひいいいいい……」

才人はかすれた悲鳴を漏らした。

「才人《さいと》～♪　才人～♪　才人はいねがー？」

朱音《あかね》が高校の中庭で捜し回っている。

可愛《かわい》いなまはげのようなノリだが、槍《やり》状のモノを所持してゴミ袋や段ボール箱を突き刺しているのは危険度が高い。間諜《かんちょう》を捕らえようとする兵士の行動だ。

才人、真帆《まほ》、糸青《しせい》、陽鞠《ひまり》の四人は、中庭の茂みにうずくまって隠れていた。

陽鞠が口を尖《とが》らせる。

「才人くん！　あんな中途半端な冷たさじゃダメだよ！　朱音、余計におかしくなってるじゃん！」

「すまん……あまりにも自分がエグいことをしている気がして……」

糸青が才人の頭を撫《な》でる。

「兄《あに》くんは悪くない。朱音の手料理を差し出されたら、この難攻不落のシセといえど誘惑に負けてしまうかもしれない」

「お前は速攻で負けるだろうな」

既によだれが滝のように出ている。

陽鞠が悲痛な表情で嘆く。

「このままじゃ朱音、なまはげになっちゃうよ……」

「なまはげにはならんだろう」

糸青が重々しく首を横に振る。

「可能性はある。巨大な情念は、人を現世《うつしよ》から離れさせ、幽世《かくりよ》の存在に成らせてしまうこともあるから」

真帆が混乱する。

「えっ、えっ、どゆこと？　アタシがしーちゃんのおっぱい揉《も》みたすぎて、おっぱいお化けになっちゃうかもってこと？」

「揉むほどの大きさは……」

言いかけた才人の喉仏に糸青の手刀が刺さった。

「兄くんはシセの成長を甘く見ている。久しぶりに揉んでみるがいい」

「才人くん!?　久しぶりってどういうこと!?」

「違うからな!?　誤解を招くことを言うな！」

「シセは間違えた。いつものようにだった」

「才人くん!?」

「そっちも違う！」

誤解はどんどん膨れ上がっていくし、糸青は才人の手を胸元に引っ張って強制的にセクハラさせようとしてくる。

「でもホント、どうしたらいいのかな。おにーちゃんにはなにも期待できないし……」

真帆《まほ》がひどいことを言っているが、事実なので才人《さいと》は言い返せない。

糸青《しせい》が青い液体の入った小瓶を差し出す。

「新開発の香水を使うといい。朱音《あかね》の記憶を二十年分ほど一気に飛ばすことができる」

「赤ちゃんに戻っちゃうだろ！」

「量を調整すれば、一年単位で吹き飛ばすことも可能」

「記憶が消えてしまうのは、さすがに困るな……」

結婚してから積み重ねた日々がなかったことになるのは切ない。争いながらも歩み寄った時間がすべて無駄になってしまう。

糸青が紫色の液体が入った小瓶をブラウスの中から取り出す。

「じゃあ、こっちの薬を使うといい」

「なんの薬だ？」

最大限の警戒をもって構える才人。

「逆に記憶を増やす薬。これを飲ませて、兄《あに》くんと離婚したという嘘《うそ》の記憶を植え付ける」

「なぜ俺が同じ家にいるのか不審がられるだろ！」

「不審がられない。いつもの不法占拠者かって思われる」

「いつも不法占拠者がいるのはヤバいだろ！　記憶をいじるなと言ってるんだ！」

才人は二つの小瓶を没取する。これは普通の高校生が持っていてよい力ではない。

真帆が声を弾ませる。

「あっ、そうだ！　いいこと思いついた！」

「却下」

才人は一刀に切り捨てた。

「まだ聞いてもないのに!?」

「どうせ真帆が出すのはヤバいアイディアだろ。俺には分かっている」

安定の信頼と実績だった。

「今日は真面目に考えてるよ！　おねーちゃんのためだもん！」

「だったら一応聞こう。忙しいから三文字以内にまとめてくれ」

「三文字!?　えっとねー、ぱ、ん、つ？」

「小学生か！」

「三文字は無理だよー。あのね、おにーちゃんが冷たくするのが難しいなら、逆に熱くすればいいんだよ！　おねーちゃんと同じようにラブラブ攻撃するの！」

「それは今以上に悪化するのでは……」

「ううん、逆にドン引きすると思う。ほら、自分より相手の方が怒ってたら逆に冷静になったり、相手の方が泣いてたら逆に涙が出なくなったりすることってあるでしょ？」

陽鞠《ひまり》がうなずく。

「あ、分かるかも。なんか醒《さ》めちゃうんだよね。そこまで怒るのバカらしくない？　みたいな」

「おにーちゃんの方がラブラブしてきたら、おねーちゃんも自分がやってたことの恥ずかしさが分かって、冷静になるんじゃないかな？」

才人《さいと》は思案する。

「なるほど、人の振り見て我が振り直すってことか……。いいかもしれないな」

「ねっ？　真帆《まほ》ってば天才でしょ？　ご褒美にチューしていいよ！」

「チューはせん」

「遠慮しなくていいから！　ん～っ！」

唇を突き出してくる真帆の額を掴《つか》んで、才人は押《お》し止《とど》めた。

玄関のドアが開く音がしたので、才人は二階の勉強部屋から下りた。

帰宅した朱音《あかね》が学生鞄《かばん》とエコバッグを玄関に置き、靴を脱ごうとしている。

「ただいま、才人。途中で買い物してきたわ」

「おかえり、マイハニー♥」

「!?」

才人が優しく微笑《ほほえ》むと、朱音は飛《と》び退《の》いた。

「ど、どうしたの……？」

「どうしたもこうしたもないさ。マイハニーが帰ってきてくれたから、俺は嬉《うれ》しくて仕方ないんだよ」

既にラブラブ攻撃作戦は始まっている。真帆と練りに練った攻撃を、朱音に浴びせなければならない。そのためには、才人は羞恥心など捨て去る覚悟である。

「そ、そうなんだ……」

朱音はうつむいて、もじもじとする。

——どうだ朱音!?　恥ずかしいだろ!?　お前はこういう恥ずかしいことを公衆の面前でやっているんだ！　自覚してくれたか!?

才人は期待する。

朱音は顔を上げると、頬《ほお》を赤くして微笑んだ。

「ただいま、ダーリン♥」

「かはっ……」

心臓に激甘の弾丸を喰《く》らい、才人《さいと》はのけぞって倒れそうになる。けれど心を鬼にして踏《ふ》み留《とど》まり、なんとか体勢を整える。このくらいで押されるわけにはいかない。

才人は優しく手を差し伸べた。

「さあ、こちらへ。家庭内エスコートだ」

「家庭内エスコート……？」

怪訝《けげん》そうな顔をする朱音《あかね》の手を取り、才人は廊下を歩く。気分はすっかり赤い絨毯《じゅうたん》の上、群がった報道陣のカメラがフラッシュを光らせている心境だ。

才人は優雅な手つきで扉を開け、紳士的に朱音をキッチンへ案内する。

「ふふ……ここがキッチンだよ。マイハニー」

「知ってるけど……ずっと住んでるし。頭でも打ったの？」

朱音は心配している。

「じゃあ、これは知っているかな？　俺の好物は、な〜んだ？」

「お肉でしょ？」

「肉は好きだ。だけど、もっと好きなものがある」

「お寿司《すし》？」

「もっともっと好きなものがある」

「えー……？　なにかしら……？」

「世界で一番好きなのは～、A・KA・NE！」

才人はウインクしながら朱音のおでこに人差し指を突きつけた。

羞恥で全身が焼けるように熱い。自分はなにをやっているんだという思いが込み上げ、この世から消えてしまいたくなる。

とはいえ、これだけ痛々しいバカップルのようなことをやれば、朱音もさすがにドン引きしてくれるだろう。

朱音がにこっと笑った。

「じゃあ、私からもクイズね！　私の好きな人は～、誰でしょっ？」

「ぐっ!?」

──攻撃を反射してきただと!?

才人は衝撃を受けた。

あまりにも強い。照れ屋の朱音とは思えぬ強靭《きょうじん》な精神だ。

「だ、誰かな～、ははは……。思いつかないな～」

「ヒントはね～、『さ』から始まる人でーす」

「さ……さ……サイかな～？」

「人って言ってるでしょ！」

「西郷隆盛かな……？」

「歴史上の人物じゃないわよ！　仕方ないわね～、だったら次のヒント！　私が今くっついてる人でーす♥」

朱音《あかね》は才人《さいと》の腕にしがみついて、悪戯《いたずら》っぽく見上げる。

才人の心臓はバクバクである。

「お、俺かな……」

「当たり！　よくできました！」

朱音は背伸びして才人の頭をぽんぽんと軽く叩《たた》く。

バカにされているような感じがする才人だが、嫌な気分ではない。むしろ胸がうずいて、朱音に甘えたくなってしまう。

——くそ！　この程度で負けてたまるか！

もっと強力な攻撃を繰り出さなければならない。

才人は朱音の顎をクイッとつまむ。

「さ、才人……？」

困惑する朱音。

才人は朱音の耳元に口を寄せ、イケメンボイスを作ってささやく。

「でも、お前より俺の方がずっと好きだぜ」

「……！」

朱音の顔が真っ赤になる。効果は抜群だ。

才人はさらに続ける。

「お前のことを考えるだけで、俺は夜も眠れないんだ。お前の胸に抱き締められたい、包み込んでほしいと感じる」

「ふぁっ……？　わ、私の胸に……？」

「そう、お前の可愛《かわい》い胸に、だ」

才人は自分の気持ち悪さに吐きそうになった。これなら朱音も確実に吐いてくれるだろう。そうでなくとも生理的嫌悪を抱き、しばらく近づかなくなるだろう。

「分かったわ。おいで」

朱音は穏やかに微笑《ほほえ》んで両腕を広げた。

才人は戸惑う。

「おいで、とは……？」

「甘やかしてほしいんでしょ？　私は構わないわ」

「いや、しかし……」

「おいで」

すべてを受け入れるような蠱惑的《こわくてき》な声音に、才人は抗《あらが》えない。朱音の胸に吸い寄せられ、その腕に抱きすくめられてしまう。

「才人《さいと》ったら意外と甘えん坊さんなのね。私で良ければいくらでもぎゅってしてあげるから、遠慮しないで。私は才人のお嫁さんなんだから」

朱音《あかね》はささやきながら、才人の頭を優しく撫《な》でる。やわらかな双丘が才人の顔を包み、摘み立ての果実のような匂いが鼻腔《びくう》を満たす。

「朱音……」

才人は夢心地でつぶやく。

「なぁに、才人？」

朱音が愛情たっぷりに尋ねる。

「好きだ……」

「私も好き。大好き」

艶《つや》を帯びた声が、才人の耳朶《じだ》を犯す。

蜂蜜よりも甘い時間。朱音の体温が気持ちいい。二人の体温が入り混じって、一つになっていく。朱音の鼓動が才人の体に染み込んでくる。

このままでは、意識を溶かされてしまう。もっと気持ち悪い行動で朱音を幻滅させなければいけない。

才人は必死に理性を呼び戻し、次なる攻撃を仕掛ける。

「好きだから……匂いを嗅がせてくれ」

「!?」

朱音はびくりとして才人から体を離した。

「に、匂い……?」

「そうだ、匂いだ。動物もすれ違い様にお互いの匂いを嗅いだりするだろう? 大好きなお前の髪の匂いを嗅がせてくれ! 頼む!」

才人は両手を合わせて頭を下げる。これが才人の出せる気色悪さの限界だ。なんとかなってくれよ! と才人は祈るような気持ちである。

「イ、イヤ……」

朱音が声を漏らす。

攻撃が通ったか! と期待する才人。

「イヤじゃないけど……」

朱音は恥じらいながら才人に身を寄せる。

「イヤじゃないのか!?」

「別に……」

「くっ……」

言い出したからには、やり切るしかない。才人は朱音の頭に鼻を近づけた。

控えめに空気を吸い込むと、お揃《そろ》いのシャンプーの匂いが流れ込んでくる。けれど、朱音がつけているというだけで、何倍にも甘い匂いになって才人《さいと》の胸を騒がせる。

「んっ……」

才人の鼻が髪に触れてくすぐったいのか、朱音《あかね》がぴくんと体を震わせる。才人のシャツを握り締め、肩を縮こまらせる。

「ど、どうかしら……」

「どうって……その……いい匂いだ」

「恥ずかしいわ……」

濡《ぬ》れた瞳で見上げる朱音の姿が艶《なま》めかしくて、才人は直視できない。なぜこの少女は、才人の異常な行動を拒絶しようとしないのか。

「さ、才人が私の匂いを嗅いだんだから、今度は私の番よね」

「私の番とは……？　ついに俺を爆殺するのか……？」

「しないわよ！」

「じゃあ、全身に海老《えび》を塗ってサメの水槽に突き落とすのか……？」

「そんなひどいことするわけないでしょ！　私も才人の匂いを嗅がせてってこと。自分だけ嗅ぐのはずるいわよね？」

「俺は構わないが……」

「やった」

朱音は才人の胸に顔をぶつけてくる。鼻を擦りつけてスンスンと嗅ぎ、上の方に滑らせて才人の首筋の匂いを嗅ぐ。

「汗臭くないか……?」

「汗臭いわ」

ストレートに言われて才人は若干ダメージを受けた。

「だったら、もうこのくらいで」

「でも、才人の汗の匂い、嫌いじゃないから」

「……っ」

才人はさらなるダメージを被弾する。

朱音は才人の耳の後ろに鼻をくっつけ、悩ましい吐息を漏らす。才人の腕の匂い、手の指のあいだの匂い、お腹《なか》の匂いと、全身の匂いをくまなく嗅いでいく。

才人はくすぐったさを堪《こら》えるだけで精一杯だ。しっかりとしがみつかれてしまっていて、この場から逃げることもできない。

「卒業記念パーティで初めて逢《あ》ったときから、才人の匂いはイヤじゃなかったの。ずっとそばにいて、居心地がいいって思えた。どうしてかしら」

「それは……遺伝子の相性が良いと、お互いの匂いを心地よく感じるという説もあるみたいだが……」

「つまり、才人《さいと》の遺伝子と私の遺伝子は、相性が良いってこと?」

「そうかもしれない」

朱音《あかね》は才人から視線を逃すようにして、弱々しくささやく。

「遺伝子が惹《ひ》かれ合っちゃってるなんて……なんだか、いやらしいわ……」

「そ、そうだな……」

遺伝子の相性が抜群の少女が、目の前に立っている。才人のことを匂いまで望んでいる。

その事実に、才人は体中がたぎるのを感じた。


「……ダメだ。まったく効果がない」

才人は電話越しの真帆《まほ》にぼやいた。

外出を阻止しようとする朱音の目を盗み、自宅の裏手に身を潜めての電話である。

陽《ひ》は暮れて夕闇に沈み、キッチンの灯《あか》りが庭に華を添えている。キッチンから流れてくるのは、朱音が鍋を使う音、そして食欲をくすぐるトマトソースの匂い。かつて自分とは無縁だと思っていた温かみが、今の才人のそばには確かに存在する。

だからこそ、その代償として朱音が己を喪《うしな》ってしまい、勉強に身が入らなくなることなどあってはならない。医者になるという朱音の夢が、才人のせいで消えてはいけないのだ。

スマートフォンのスピーカーから真帆の声が聞こえてくる。

『効果なかった？　ちゃんとラブラブ攻撃したの？』

「ああ、やれる限りやったさ。朱音をハニーと呼んだり、甘やかしてもらったり、髪の匂いを嗅いだり」

『……気持ち悪い』

心の底から冷え切った声。いつもおちゃらけている真帆から素で蔑まれるのは、なかなかにキツイものがある。

「き、気持ち悪いだろ？」

『死ぬほど気持ち悪い。あなたとの電話に使ったスマホを捨てたいくらい気持ち悪い』

「そんなにか」

もはや才人をおにーちゃんと呼ぶことさえやめている。

「それでも朱音はドン引きしなかったんだ……。むしろ俺をダーリンと呼んだり、俺の全身を嗅いできたりしてな……余計に暴走がひどくなった」

『二人とも気持ち悪いから切るね。もう連絡してこないでください』

「待て待て！　この作戦はお前が提案したんじゃないか！」

真帆がため息をつく。

『おねーちゃん、思った以上に重症だね。猫カフェのときよりひどいかも』

「まさかアイツがこんなふうになるとは思わなかった」

相手は入学当初から毎日のように戦争していた少女である。

『こうなったら、もう最後の手段を使うしかないよ』

「最後の手段とは……？」

才人《さいと》はごくりと唾を飲んだ。


才人がベッドに座っていると、朱音《あかね》が寝室に入ってきた。

いつものように風呂上がりの香りを漂わせ、いつもより艶《あで》やかな顔色で。心を許しているせいか、胸元のボタンを一つかけ忘れている。

朱音はベッドに歩み寄ってきて、才人に笑みを向けた。

「ねえ。明日はお休みだし、もう少しなにかして遊ばない？　才人の好きなゲームでもいいし、映画でもいいし、散歩でもいいわ。寝ちゃうのはもったいない気がして」

「そうだな。だが、遊ぶより、俺はこっちがいい」

「えっ……」

才人は朱音の手を掴《つか》み、ベッドに引っ張り込む。倒れ込む朱音。跳ねるスプリング。才人は朱音の両手を持って、彼女の上に覆《おお》い被《かぶ》さる。

「さ、さいと……？」

朱音はびっくりしたように目を見開いて、才人を見つめていた。乱れた髪がシーツに広がり、胸が激しく上下している。

「どうだ？ 驚いたか？ でもな、俺だって男なんだ。最近は欲望を抑えるだけで一苦労なんだよ。あんまりお前がベタベタしたら、こういうことになってしまう」

怖がらせるのは心苦しいが、これも朱音の暴走を止めるためだ。才人は心を鬼にして凄《すご》んでみせる。

「欲望って……？」

「分かってるだろ？ お前を俺のモノにしたいってことだよ」

朱音が息を呑《の》む。その瞳が、みるみるうちに潤んでいく。

才人は罪悪感の杭《くい》が心臓に刺さるのを感じた。さすがにこれはやりすぎだ。

「すまん、今のは……」

撤回しようとする才人だが。

「……嬉《うれ》しい」

「え」

朱音の反応に、耳を疑う。

「ど、どういうことだ……？」

「才人《さいと》が私を望んでくれて、嬉《うれ》しい。それって、私のことを女の子として魅力的だと思ってくれたってことでしょ？」

「まあ……そうだ」

彼女は魅力的だ。芯の通った真《ま》っ直《す》ぐな性格も、溢《あふ》れんばかりの愛情を持った心根も、一点の穢《けが》れもない内面が滲《にじ》み出《だ》した美しい容姿も。

「今日は才人がいろいろ大胆なことをしてくれて、最初は驚いたけど、嬉しかったの。私たち、ずっとケンカばっかりだったから、そういうこと難しくて。私は恋愛経験ないから、どうやって才人と距離を縮めたらいいのか分からなくて」

朱音《あかね》は才人の下から逃れようとはせず、むしろ才人の手を握り返す。真正面から才人を見据えて、穏やかに語る。

「ありがとね、才人。あなたが望むなら、私はなんだって応《こた》えるわ」

朱音は女神のように優しく微笑《ほほえ》んだ。

あまりにも素直で、あまりにも破壊的な言葉。

才人のすべてを受け入れると、彼女の眼差《まなざ》しが伝えている。

愛らしい頬《ほお》が、彼女の衝動に燃えている。

開いた胸元、その真っ白な肌から、甘い香りが立ち上ってくる。

どくん、と才人は心臓が大きく脈打つのを感じた。

このまま欲望に身を任せてしまいたくなる。朱音《あかね》の巨大な愛に呑《の》み込《こ》まれてしまえば、きっとなにも考えなくて済むのだろう。

けれど、今ここで一線を越えるのは、朱音に対して失礼すぎる。彼女は本当に才人《さいと》のことを想《おも》ってくれているのに、こっちは作戦でしかなかったなんて。

才人は朱音の手を離した。

「……ごめん。実は、違うんだ」

「違うって、なにが？」

朱音は手を広げたまま、不思議そうに目を瞬《まばた》いた。

「今日、俺がガラにもないことをしたのは、作戦だったんだ。両想いになってから、お前が暴走して勉強も手につかなくなっていたから、冷静になってほしかった。お前の夢が壊れそうなのが怖かった」

「私の夢を……大事にしてくれたってこと？」

「夢は大事だ。俺たちは夢を叶《かな》えるために結婚したんだから」

医者になるという朱音の夢。

北条《ほうじょう》グループを継ぐことで実現したい才人の夢。

二人にとって、夢はなによりも優先されるべきものなのだ。

「俺も暴走しているところを見せたら、少しは朱音が落ち着いてくれるんじゃないかと思ってな」

「私……暴走してた？」

気まずそうに尋ねる朱音。

「してた。別人みたいに色ボケしまくってた」

「うぅ……」

朱音は赤くなり、顔を手で覆う。

「確かに……よく考えたら……大胆なことばっかりしてたような……。なんかバカップルみたいだったような⁉ 私、変だったわよね⁉ みんなから呆《あき》れられたわよね⁉ もう学校行けない！ 校舎を吹き飛ばすしかないわー！」

羞恥に悶《もだ》えながら、朱音はベッドを転げ回る。

才人は朱音の肩に手を置いて制止する。

「落ち着け。校舎を吹き飛ばすな」

「でも、でも……」

「大丈夫。方向性は違うが、お前が暴走するのは普段通りだから、みんな変だとは思わないさ」

「それって普段から変だと思われてるってことよね⁉」

「ん～～～～～、どうだろうなぁ……」

明言を避ける才人《さいと》。これ以上のヒートアップは危険だ。

とりあえず朱音《あかね》をなだめようと、ウォーターサーバーからコップに水を注《つ》いできて、朱音に渡す。

朱音はベッドの端に腰掛け、一気に水を飲み干す。才人も慣れないことをして喉が渇いていたので、隣でコップの水をあおる。

朱音はコップを両手で抱えてつぶやく。

「……私、怖かったのよ」

「なにが？」

「あんたが離れていってしまうのが」

「え……？」

「私……こんな性格だから。また、あんたとケンカしちゃって、仲直りができなくて、愛想を尽かされて、今度こそ取り返しがつかなくなるんじゃないかって」

才人を見上げる朱音。

「だから、今のうちに精一杯楽しんでおきたかったの。才人と想《おも》いが通じていた時間を、しっかり思い出に残しておこうって」

才人は胸が締めつけられるのを感じた。

——俺なんかにそんな心配するとか……バカだな。

朱音は愛情たっぷりで、魅力に満《み》ち溢《あふ》れた少女だ。表面は刺々《とげとげ》しく見えても、深く知った者からは愛される。本性を知られるにつれて人が離れていく才人とは正反対だ。才人にはもったいない女の子なのだ。

「さ、才人……？」

不安に震える朱音を、才人は抱き寄せる。

才人の腕の中で、朱音が弱々しい声を漏らす。

「俺はお前を手放したりはしない」

「本当に……？」

「ああ。お前が許してくれる限りは」

「許すわ。何度怒っても、何度だって許すわ」

抱き締め返す朱音。その手に込められた力が、才人を安心させてくれる。

どんなにケンカしても、致命的に関係が失われることがない存在は、この信頼できない世界で最高の隠れ家になる。

「はあ……。安心したら、なんだか眠くなっちゃった」

朱音がベッドに横たわって笑った。暴走も一段落したようだ。

「映画、観《み》ないのか？」

才人は朱音の隣に寝そべる。

「今夜はいいわ。才人《さいと》と手を繋《つな》いで寝ているだけで、幸せだから」

朱音《あかね》が才人の手をそっと握る。大きな瞳が才人を見つめ、細い脚が寄り添っている。

手が触れるだけでケンカになっていた新婚当初とはまったく違う。積み重ねてきた二人の日々が無駄ではなかったのだと、才人は彼女の熱を感じる。

朱音が愛らしくささやく。

「ずっと、ここにいてね」

「ああ」

「トイレも行っちゃダメだからね？」

「トイレくらい許可してくれ」

才人は苦笑した。

「ダメ。明日も一日中、こうやっているの。二人でくっついていれば、なにもしなくていいの」

朱音の瞳は、才人だけを映してきらきらと輝いている。その輝きはあまりにも激しく、危うくて、すべてを燃やし尽くしてしまいそうに見える。

やはり朱音の暴走は、まだ終わっていないらしい。

海辺の料亭は、座敷から海中を観賞できるようになっていた。

真帆《まほ》は窓ガラスに貼りつき、瑠璃を泳ぐ魚の群れに歓声を上げる。

「わー！　お魚いっぱーい！　すごいすごーい！　きれー！」

「この子ったら、はしゃいじゃって。恥ずかしいったらありゃしない」

千代《ちよ》が肩をすくめると、天竜《てんりゅう》が笑った。

「はっはっはっ！　子供はこのぐらい元気な方が、連れてきた甲斐《かい》があるってもんだ。オ人ときたら、どこに行ってもつまらなそうな顔をしているからな」

「おにーちゃん、ノリ悪いもんねー♪」

「なあ！」

うなずき合う真帆と天竜。

千代が鼻を突き上げる。

「まったく、二人とも仲がよろしいこと」

「おじーちゃん、おばーちゃんがヤキモチ妬《や》いてるよ！　愛されてるねー、このこのっ♪」

「う、うむ」

「もう……真帆ったら」

天竜と千代が顔を赤くする。老いても初々しいカップルだ。

店員が名物のイカそうめんを持ってきた。スルメイカを細切りにした刺身を、贅沢《ぜいたく》にウニとウズラの卵を溶かした醤油《しょうゆ》に絡めて食べる逸品だ。

「ふあ〜、おいし〜っ！　最高ですな〜！」

真帆《まほ》はほっぺたを抱えて震えた。

「お、この味が分かるか？」

「うん！　ウニ醤油ってイカに合うんだねー。普通のお刺身より複雑で、まろやかな感じ。ほっぺたがきゅーってなっちゃう」

「これが分かるとは、酒も行けそうな口だな」

「よしてください、天竜《てんりゅう》さん。未成年ですよ」

千代《ちよ》が叱りつける。

「まあ、いずれ北条《ほうじょう》家の宴会にも来るといい。年寄り共が喜ぶ」

「行く行くー！　パーティとか大好きだしっ！」

真帆は親指を突き上げる。

「さて、状況報告を頼もうか」

「お願いね」

天竜と千代が真面目な顔になり、真帆も背を張り伸ばした。

「おにーちゃんとおねーちゃんは、両想《りょうおも》いになったよ。おねーちゃんが暴走しすぎているところはあるけど、おにーちゃんとしては許容範囲みたい。結構ちゃんとした夫婦になってきたんじゃないかな」

「ふむ……。そろそろだな」

「ええ、そろそろですねえ」

天竜と千代が目配せしてほくそ笑む。

「そろそろって、なにが？　おねーちゃんたちがそろそろキスするとか、そういうの？」

「まあ、そんなところよ」

「ホントに？」

千代の物言いに、真帆は含みを感じてしまう。なにか隠しているような、天竜と千代が企《たくら》んでいるような、そんな匂いがするのだ。

「……アタシからも、二人に聞きたいことがあるんだよね」

「なんだ？」

「おにーちゃんとおねーちゃんは祖父母の若い頃の恋を成就させるために結婚させられた……って言ってるけど……『そもそも若い頃の天竜おじーちゃんと千代おばーちゃんは、お互いのこと好きじゃなかった』よね？」

天竜と千代がわずかに身じろぎするのを、真帆は見逃さない。

千代は口元を覆って小さく笑う。

「あらあら、なんのことかしら？」

「アタシさ、病気で寝込んでいたときによく、おかーさんから昔の話を聞かせてもらってたんだよね。で、おかーさんも小さい頃におばーちゃんから聞いた話らしいんだけど。若い頃の二人って、本当はちゃんと大好きな人と結ばれたんでしょ？」

「…………」

天竜《てんりゅう》は組んだ手の甲に顎を載せ、真帆《まほ》を観察している。

「二人は親友ではあったけど、恋心はなかった。お互いパートナーを亡くした今は付き合ってるけど、昔はまったくそういう関係じゃなかった」

真帆はテーブルに手を突いて、天竜と千代《ちよ》の方に身を乗り出す。

「じゃあ、どうして……『自分たちの恋を孫で叶《かな》えるため』なんて言って、おねーちゃんたちを結婚させたの？　なんかおかしいな～？　ねっ、おかしいよね～？　おにーちゃんの意見も聞いてみようかな～？」

はち切れんばかりの笑顔を作って、問い詰める。ここで誤魔化《ごまか》されたら、後々まですっきりしない。なんとしてもこの場で二人を仕留める必要がある。

千代が笑みを漏らした。

「一番恐ろしいのは、あなたかもしれないわね」

「その才、やはり北条《ほうじょう》家に欲しいな」

天竜もうなずく。

どうやら壁を崩すことはできたようだ。それはすなわち、この話を才人《さいと》のところまで持って行かれたら、天竜たちが困るということだろう。

真帆はすべての元凶に問いかける。

「ねえ……結婚させられたのは、どうして、アタシじゃなかったの？」

お主もワルよのぅ
ククク…
うひひ…
いやいや
おじーちゃんこそ
そういえば
アレはないの?
山吹色の
お菓子…
だっけ?
に…
ククク
ごそ…
無論
用意して
いるとも
テッテレー!!
山吹色の
お菓子だ
やまぶきいろ饅頭
食べられる!
黄金0%!!
これ食べた
かったの──!
わーい
ガッハッハッハ
ふふふ

第三章 『夢』

episode3

十歳の才人《さいと》は、冷え切った空気の中を独り歩いていた。

天竜《てんりゅう》の知り合いの料亭でご馳走《ちそう》してもらって帰宅するなり、父親に殴られて家から追い出されたのだ。

理不尽に殴られるのは慣れている。世界は理不尽なものだから。

痛みにも慣れている。生きるとは苦痛そのものだから。

けれど、夜遅くに寒空の下を歩くのは、体に応《こた》えた。

コートを持ってくる暇もなく、手袋もマフラーもない。殴られた頬《ほお》に、凍《い》てつく冷気が針のように突き刺さる。かじかんだ指に息を吐きかけても、指はまともに動かない。

通りに並び立つ家々の灯《あか》りは、温かそうだった。

煮炊きする音や匂い、仲良さげな家族の話し声が流れてくる。

カーテン越しに映る親子の影が寄り添っているのが、才人には幻に見えた。

自分には関係のない、美しい世界。

あんな光景、才人の家では想像することさえ難しい。いつも自宅は生活感もなく薄ら寒くて、母親の作る温かい料理を才人は食べたことがなかった。

才人《さいと》以外の皆は家で幸せそうに暮らしているのに、才人に帰る家はない。

地上の光が眩《まぶ》しすぎて、目が痛くなって、才人は夜空を見上げた。

どこまでも広がる漆黒の中に散らされた、遠い星々の光。中には人の居住に適した惑星も存在するのだという。

——あそこなら……俺も……。

才人は焦がれた。


「ねえねえっ、才人くん！　また勉強教えてくれないかなっ？」

陽鞠《ひまり》が才人の席に駆け寄ってくる。

「構わないが、火曜はバイトだったんじゃないのか？」

「よく知ってるね？　ひょっとして才人くんってストーカー？」

「違う。火曜に店行ったら、いつもバイトしていたじゃないか」

「やっぱりストーカーだ～♪」

机に肘を突いて、楽しそうに才人の頬《ほお》をつついてくる。

「違うって言ってるだろう」

才人は対応に困る。

「実はさ、私がバイトたくさん入れてたのって、早く家を出るためだったんだよね」

「家族と気まずかったからか」

「うん。いっぱいお金貯《た》めて、高校卒業したらすぐ一人暮らしして、なんか適当な仕事して生きようと思ってたの。とにかく家にはいたくなかったから」

「気持ちは分かる」

「才人くんは分かるよね。私と『同じ』だから」

陽鞠は才人の目を間近から覗《のぞ》き込《こ》む。

私だけはあなたの闇を分かっているよ、という熱気を帯びた眼差《まなざ》し。

才人は呑《の》まれそうになって視線をそらす。

陽鞠は長い髪を指で回しながら話す。

「でも、最近は家も居心地そんなに悪くなくてさ。理恵子《りえこ》さんと二人きりはまだ気まずいけど、お父さんと三人で夕食は食べたりしてるし」

「良かった」

才人は笑った。

「喜んでくれるんだ？」

「当たり前だ。陽鞠が幸せになってくれるのは、俺も嬉《うれ》しい」

陽鞠が頬を上気させる。

「才人《さいと》くんって、結構タラシだよね。録音して朱音《あかね》に聴かせちゃおっかな～？」

「やめてくれ。友達が幸せになるのは嬉《うれ》しいって意味だ」

「はいはい♪　友達って言っても、いろんな友達があるもんね。私と才人くんみたいなトモダチも、アリだよね……？」

才人に顔を寄せ、艶《つや》っぽくささやく。

「いかがわしい」

才人は陽鞠《ひまり》の額を指で軽く弾《はじ》いた。

陽鞠は額を手で押さえてはしゃぐ。

「やった♪　才人くんにデコピンされちゃった♪　これって浮気に入るのかな？」

「お前な……」

才人と朱音がくっついてから、陽鞠の攻撃力は余計に上がっている感じがする。以前から愛人扱いで構わないと言っていた陽鞠だから、状況の変化は気にしないのだろう。

「でね、急いで家を出る必要もなくなったから、もうちょっと真面目に将来のこと考えようかと思って。夢とかは特にないんだけど、選択肢を広げておくためにも、勉強頑張ろうかなーって」

「偉い！」

「ひゃっ!?」

才人は陽鞠の肩に両手を置いた。

「偉いぞ陽鞠！　やっと分かったんだな！　このままじゃキリギリスになる、安月給でひたすら働いて、悪い男に引っかかって貢がされて、若くして離婚、老後は家も蓄えもなくギリギリの人生になってしまうって！　分かってくれたんだな！」

「そ、そこまで分かってないけど……なっちゃうの!?」

陽鞠はたじろいでいる。

才人は拳を握り締めて涙を浮かべる。

「俺は心配だったんだ……。確かに今は楽しいかもしれないが、高校時代が人生のピークになっちゃうんじゃないかと。街ですれ違う度、堕《お》ちていく陽鞠を見て悲しい気持ちになるんじゃないかと……」

「心配してくれるのは嬉しいけど、なんかお父さんみたいな心配だよね!?　私そういう関係は望んでないよ!?　私が欲しいのは、もっと爛《ただ》れた関係だよ!?」

「ストレートだな!?」

一応、他の生徒たちも教室にいるのだが。

「はっきり言っておかないと伝わらないからね！　基本的に私は、才人くんとは性的な関係しか求めてないから！」

「友達としても求めてくれ！」

才人《さいと》は哀《かな》しくなった。

「最近は才人くんと二人きりでおしゃべりするだけで、イケナイことをしてる感じがして気持ちいいんだぁ……」

陽鞠《ひまり》は瞳を恍惚《こうこつ》に細め、うっとりと語る。だいぶダメな子になっている。

「とにかく、お前の将来に役立つことなら、俺は全力でサポートする。俺の指導を受ければ、東大だって合格間違いなしだ！」

才人は力強く請け合った。

「ありがとー！　才人くん、だーいすきー♥」

陽鞠は才人の顔を胸に抱きすくめる。圧倒的なボリュームを持った双丘が、才人の視界を埋め尽くし、ぎゅうぎゅうと押し寄せてくる。

「やめ……潰れる……」

窒息死しかける才人のところに、クラスメイトたちが群がった。

「石倉《いしくら》さんと勉強会するの!?」「だったら私たちも交ぜて！」「模試の点数いまいちだったんだよねー！」「俺も俺も！」「お願いします！」「北条《ほうじょう》先生！」

受験シーズンが近づいてきて、生徒たちも必死なのだろう。それなら最初からちゃんと勉強しておけばよいのにと思う才人ではあるが、彼らの人生が破綻するのを放っておくのも目覚めが悪い。

「分かった。何人来ても同じだ。まとめて指導してやる」

才人はため息をついた。


放課後の教室は、才人に勉強を教えてもらいたがるクラスメイトたちで賑《にぎ》わっていた。

「陽鞠ちゃんが言ってた通り、北条くんって教えるのめちゃくちゃ上手《うま》いね！」

女子生徒が声を弾ませる。

「そうか？」

頬《ほお》を掻《か》く才人。

「すごい上手いよ！　もう北条くんに家庭教師お願いしたいくらい！」

うなずく男子生徒。

「分かる。ぶっちゃけ今の塾やめて、北条塾に通った方が成績上がりそう」

「俺は塾を作るつもりはないぞ……」

才人は苦笑した。そんなことをしていたら、読書やゲームの時間が激減してしまう。

男子生徒が才人の肩に腕を回す。

「えー、いいじゃん！　全員から月謝取れば、アホみたいに稼げるぞ！」

「北条グループの御曹司《おんぞうし》がお金なんて要るわけないでしょ。アタシがいっぱいサービスするから教えてよ、ねっ？」

女子生徒が才人《さいと》に肩をぶつけてくる。

なんだそれ、バッカじゃねーの、と笑うクラスメイトたち。

「最近の北条《ほうじょう》くんって、近づきやすいよね」「雰囲気がやわらかくなったというか」「前は鉄壁ガード発生してたもんね」「糸青《しせい》ちゃん以外お断り！　みたいな？」「ねー」

才人を中心にして、大勢の生徒たちが楽しそうに喋《しゃべ》っている。

小学生のとき以来、才人が経験したことのない状況だ。いつも世間の連中は、才人を異質なモノとして扱い、遠巻きに見物しているだけだった。

すぐそばに陣取った陽鞠《ひまり》が、ふふっと笑う。

「才人くん、楽しそう」

「別に楽しくはない」

これは嘘《うそ》だ。

一人で過ごす時間が好きな才人だけれど、今の状況は不愉快ではない。まるで砂浜に打ち寄せる温かい波に揉《も》まれているような、不思議な満足感があった。

それを群衆の端から眺める朱音《あかね》は、ほっぺたを膨らませていた。

「なによ才人ったら。デレデレしちゃって」

真帆《まほ》が朱音のほっぺたをつつく。

「おねーちゃん、妬《や》いちゃってるねー？」

「や、妬いてないわっ！ みんなに勉強教える暇があったら、私に二人きりで教えなさいよって思ってるだけでっ！」

「妬いてるじゃん！ てゆーか、羨ましかったら、おねーちゃんも教えてもらったらいいんじゃない？」

朱音はうつむいて人差し指を突き合わせる。

「そ、それはダメよ……。絶対、才人と普通に話せる気しないし。みんなから、なにかあったのかって怪しまれちゃうし」

真帆は腕組みして、うんうんとうなずく。

「良かった。おねーちゃんにも、そのくらいの自覚は出てきたんだね。これは成長だよ」

「な、なんか偉そうね……」

姉妹が逆転している気がする。

「だって、おねーちゃんってば、この前まで完全に盛りのついたメス猫だったもん。おにーちゃんに会う度ハァハァしてたし、目はハートになってたし」

「そこまでひどかったかしら……」

もう少しマシだったと思いたい朱音だが、軽く記憶も飛んでいるので自信がない。やっと想《おも》いが通じて突っ走っていたのは間違いない。

糸青《しせい》は机に腰掛け、遠くの才人《さいと》を見守っている。

「シセは、兄《あに》くんがみんなに囲まれて嬉《うれ》しい。兄くん、ずっと寂しそうだったから」

「才人、あんまり寂《さみ》しがり屋《や》な感じはしないけれど」

「そうでもない。兄くんは本当は人間が好きだけど、素直になれないだけ。嫌いだと思い込もうとしているだけ」

「それって……」

朱音《あかね》は自分のことを言われているような気がする。才人に忘れられていたから、才人を嫌いだと思い込もうとしていた自分。欲しいからこそ、遠ざけてしまう。

「昔の兄くんは、こんなこと絶対にしなかった。みんなから勉強を教えてと言われても、きっと本を読みたいと言って逃げたはず」

「才人が変わったってこと？」

「そう。そして、兄くんを変えたのは朱音」

「私はなにもしてないけど……」

「朱音との結婚生活で、兄くんは変わった。昔は機械みたいだったけど、今は人間らしくなった。知ってる？　兄くんは朱音に出会うまで、あんまり怒ることもなかったって」

「そうなの……？」

しょっちゅう才人とケンカしている朱音としては、想像もつかない。

「兄くんは嫌なことをされても、いつも諦めきっていた。他の人間と感情を通わせようとしなかった。シセがワガママを言っても、怒ってくれなかった」

糸青は顔を伏せる。陰になった目元からは、彼女の心境は窺《うかが》い知《し》れない。

「でも、朱音のお陰で兄くんはいっぱい怒るようになった。いっぱい悩むようになった。照れるようになったし、笑うようになった。……ありがとう、朱音」

糸青は朱音を見上げて微笑《ほほえ》む。

少し寂しげで、けれど大きな愛情に満ちた笑み。

「糸青さん……」

朱音は胸元で手を握り締めた。


クラスの勉強会が終わり、生徒たちが三々五々に帰っていく。

3年A組の教室に残された才人に、真帆《まほ》が飛びついてきた。

「おにーちゃん、お疲れ様ー！　真帆がしーっかり癒《いや》してあげるね！」

「余計に疲れそうだから遠慮しておく」

「そんなこと言って、ホントは嬉しいくせにー。しーちゃんが言ってたよ、おにーちゃんは寂《さみ》しがり屋《や》さんだって」

　ニヤニヤする真帆《まほ》。

「シセ……？」

　才人《さいと》は非難の視線を向けるが、糸青《しせい》は素知らぬ顔でコウモリを追いかけている。

　いつの間にコウモリが教室に入ってきたのか謎だし、自分も追いかけたくて仕方ない才人だが、真帆にがっちりホールドされていて動けない。

　陽鞠《ひまり》が学生鞄《かばん》を肩に載せて提案する。

「勉強しすぎて疲れたし、なんか食べに行こーよ！」

　うなずく朱音《あかね》。

「いいわね。苺《いちご》でも食べに行きましょ」

「お前の主食は苺なのか」

「私の主食は苺よ」

　一切のためらいがない。日本人の主食は米だと思っていた才人だけれど、朱音王国の朱音プリンセスは違ったらしい。

「腹減ってるときに甘いものは、食った気がしないんだよな。俺は肉がいいな」

「誰の？」

　糸青がよだれを垂らした。

「誰でもない。牛とかだ」

「いーねいーねっ！　焼肉行こ！　おにーちゃんの奢《おご》りだし！」

「なぜ俺の奢りだと確定してるんだ」

「だってアタシ～、奢り以外でごはん食べたりしないもんっ♥」

真帆は腰に手を組み、可愛《かわい》く瞬《まばた》きしまくって才人を見上げる。

「シセも兄《あに》くんに奢ってほしい」

糸青もおねだりモード全開で目を潤ませながら、才人の袖を引っ張る。

「なんて図々《ずうずう》しい妹たちだ……」

「ごめんなさい……」

なぜか謝罪する朱音。

「才人くんの分は私が出すよ！　バイトたくさんしてるし！　才人くんが欲しいものあったらなんでも買ってあげる！」

「お前は男をダメにするタイプだな」

「そうかな～、えへへ。才人くんもダメになってくれる？」

「ダメにはなりたくない」

「ダメになってよ～」

陽鞠は才人の腕にしがみついて、体を押しつけてくる。

朱音《あかね》が陽鞠《ひまり》を才人《さいと》から引っ剥《ぱ》がした。

「いい加減にしなさい！　ごはんはみんなで割り勘！　それが健全でしょ！」

「え～、私は不健全な方がいいな～」

「真帆《まほ》も不健全になりたーい！」

「兄《あに》くんの財布を食べ尽くす」

言い合いながら、才人たちは教室を出た。

そこかしこに闇を抱いた廊下も、五人で歩いているとショッピングモールの真ん中のように明るい。尽きることのない笑い声が、才人の胸を満たしていく。

埃《ほこり》っぽい下駄箱《げたばこ》から靴を出しながら、少女たちのスカートの衣擦《きぬず》れを聴く。糸青《しせい》は柱代わりに才人に掴《つか》まって靴を履き、真帆も真似《まね》して才人に掴まる。

——俺は……孤独が嫌いだったんだな。

才人は改めて痛感した。

本とゲームに没頭していたから、気付かなかった。けれど、独りで実家の自室に閉じこもっていたときの、己の喉を掻《か》き切りたくなるような衝動は、きっと孤独。両親からもクラスメイトからも疎まれ、消えてしまいたいと願っていた。

その衝動を、今はまったく感じない。鬱陶しいと感じながらも、真帆にしがみつかれている感触が、破滅的な衝動を掻き消してくれる。

「……おにーちゃん。やっぱ、こういうの好きでしょ」

真帆がつぶやいた。

「いや……」

誤魔化《ごまか》そうとする才人。

「分かってるよ。アタシには分かる。だって……アタシも寂しかったから。ずっと独りで入院してるのも、家族がいない長い時間、世界から取り残されて部屋で寝ているのも。本当に寂しかった。だから、アタシはみんなに愛される『真帆』になったの」

「いつものお前のおちゃらけが、素じゃないのは分かってる」

真帆はくすっと笑う。

「分かってて合わせてくれてるんだ。そゆとこ、好き」

「好きって……」

シリアスな雰囲気で口にされると、才人も居心地が悪い。

「好きだよ。いつも言ってるじゃん」

真帆は才人の頬《ほお》に唇を触れさせた。

「ちょっ……」

才人は頬を手で覆う。肌に残った少女の唇の感触がなまなましい。

先を歩いていた朱音が叫んだ。

「ちょっと!?　二人ともなにしてるの!?」

真帆《まほ》は悪戯《いたずら》っぽく笑う。

「ナイショのお話。おねーちゃんは気にしなくていいよ♪」

「気にするわよ！　今、キスしてなかった!?　してたわよね!?」

「気のせいだよ～♪　アタシがおにーちゃんなんかに、そんな気持ち悪いことするわけないじゃーん♪」

走っていって朱音《あかね》の手を取る真帆。才人《さいと》の方を振り向き、こっそり投げキッスを飛ばしてくる。

「まったく……」

才人は頭を掻《か》いた。

あの少女のオンとオフの切り替えは激しすぎて、こっちが振り回されてしまう。それでも決して悪いヤツではないのが分かっているから憎めない。

才人たちは高校の敷地を出て、バス通りを歩いた。最寄りの商店街に入り、手頃な店を探す。街は仕事帰りの会社員たちが行き交い、酒と汗の臭いが流れていた。

やたらと電飾の派手な看板を、真帆が指差す。

「おにーちゃん、おにーちゃん！　あのお店にしよーよ！　おっぱいパブだって！」

「学生が入れるか！」

「あー、おにーちゃんってば、学生じゃなかったら入りたいんだー。おにーちゃんのえっち♪　おっぱい魔人♪」

「くそっ……」

素じゃないと分かっていても、からかわれるのは悔しい。

陽鞠《ひまり》がおずおずと尋ねる。

「才人くん……おっぱい好きなの……？　それなら私も考えがあるよ!?」

「なにを考えるんだ！」

朱音が別の店に突撃しようとする。

「新しい猫カフェが開店してるわ！　行きましょ！」

「お前は猫カフェだけはダメだ！」

才人は朱音の手を掴《つか》む。受験前の大切な時期に、朱音が猫のストーカーになって通報される結末は避けたい。

糸青《しせい》が腕組みして叱りつける。

「みんな、真面目にやって。シセたちはおいしい焼肉を食べに来た。そうでしょ」

「お、おう……」

「しーちゃんが真剣だ……」

「ごめんね、糸青ちゃん」

珍しく本気で憤慨している糸青《しせい》に、友人たちは気を呑《の》まれる。朱音《あかね》は猫カフェのウィンドウにべったり貼りついてよだれを垂らしている。

才人《さいと》がスマートフォンで店の情報を調べ、皆を連れて裏通りの焼肉店に入った。道には小さな看板だけが出ていて、階段を下った先の地下にガラス扉がある。

重い扉を開けると、中から煙っぽい熱気が溢《あふ》れ出《だ》してきた。食欲をそそる匂いに、才人は胃袋が収縮するのを感じる。

雑踏とした店内には、酒飲みの笑い声が満ちていた。天竜《てんりゅう》に連れて行かれるのは高級店ばかりだから、才人はあまりこういう店に馴染《なじ》みがない。

五人でテーブルを囲み、思い思いにドリンクと食材を注文した。

すぐに店員が運んできて、テーブルに大皿が置かれる。大皿にはロース、カルビ、タンなど、様々な種類の肉が花びらのように敷かれている。

才人はコーラ、朱音はオレンジジュース、陽鞠《ひまり》はウーロン茶、糸青は乳酸菌飲料、真帆《まほ》はメロンソーダのグラスを持ち上げる。

「「「かんぱーい！」」」

涼しげな音を立てて打ち鳴らされるグラス。

朱音はびくびくと周りを見回している。

「こんないかがわしいお店に入って乾杯するなんて……。私たち、逮捕されるんじゃないかしら……」

「別にいかがわしい店ではないだろ。アルコールも入ってないし」

「そうだよー、おねーちゃん。逮捕されるのは、たくさん美少女を侍《はべ》らせて酒池肉林の宴《うたげ》をしているおにーちゃんだけだよ！」

「侍らせてはいない！」

「えー、でも本音では嬉《うれ》しいでしょ？」

うりうり、と真帆がトングで才人の頬《ほお》をつつく。

「トングはそういう使い方をするもんじゃありません」

才人はトングを取り上げ、大皿から肉を取って焼き網に載せていく。たっぷりの火力に肉が炙《あぶ》られ、じゅうじゅうと快い音を立てる。

「いただきます」

才人が目を閉じて手を合わせたときだった。

一陣の風が、才人の鼻先をよぎった。

目を開けると、ない。あれほどたくさん焼き網を覆っていた肉が、一枚たりとも存在しない。すべてが消えた跡に、炭火だけが赤々と燃えている。

そして糸青は、もぎゅもぎゅと口を動かしている。

「全部食ったのか!?　今の一瞬で!?」

「シセは肉など食べていない。うまうま」

「うまうまって言ってるだろ！　少しは手加減しろ！」

目を光らせる糸青《しせい》。

「手加減？　そんなことをしていたら、サバンナでは生き残れない」

「ここはサバンナじゃないからな！」

陽鞠《ひまり》がなだめる。

「まあまあ、食べ放題なんだし、足りなくなったら追加で注文すればいいよ」

「肉だけが焼肉じゃないしね！　ほら、こっちも焼けたよー。食べて！」

真帆《まほ》が食材を箸でつまんで才人《さいと》の口に突っ込んだ。

口の中に広がるゴムのような食感と、おぞましい苦味。

「なんだこれは……？　ものすごく質の悪い肉だな……。いや、ホルモンか……？」

「消しゴムだよ！」

才人は噴き出した。

「やーん、おにーちゃん、きたなーい。顔にかかっちゃったじゃーん」

真帆は楽しそうに手で顔を拭く。

「汚いとかいう問題じゃねえ！　消しゴムを焼くな！」

「えっ、おにーちゃんってば消しゴムはナマでイッちゃう派？　なんかえっち！」

「生だろうと焼きだろうと同じだ！　消しゴムを食わすな！」

「好き嫌いはいけないんだよ！　ねっ、おねーちゃん？」

朱音《あかね》が重々しくうなずく。

「食べ物を粗末にするのは良くないわね。消しゴムを育ててくれた農家の人に失礼だわ」

「どこの畑で消しゴムが育つんだよ！　まず食べ物じゃないからな！」

主張する才人の横で、糸青が消しゴムを頬張《ほおば》る。

「うまうま」

「ほら、しーちゃんは食べてる！　食べ物じゃん！」

「食べるなー！」

才人は糸青の口から消しゴムを引きずり出した。

「がるるー！」

糸青は食事を邪魔されたケモノのように才人の手に噛《か》みつく。

「噛むな！」

真帆が青ざめて口元を手で覆う。

「おにーちゃん、しーちゃんの食べかけでしーちゃん液たっぷりの消しゴムが食べたいんだ……。ヘンタイさんだぁ……」

「さすがに人間としてどうかと思うわ」

「俺は人間として間違ったことはしていない！　……だよな？」

唯一の味方っぽい陽鞠《ひまり》に才人《さいと》は確かめる。

陽鞠は笑顔でげんこつを握り締める。

「うん！　才人くんはいつも正しいよ！　もし才人くんが世界中の人を滅ぼすって決めても、私は全力で才人くんのお手伝いをするよ！」

「そこは止めてほしい……」

味方なのはありがたいが、ちょっと怖い味方だった。

糸青《しせい》に飴玉《あめだま》を与えることで時間を稼ぎつつ、才人は肉を焼いていく。真帆《まほ》は再び文房具を焼こうとするが、才人の尽力によって食い止められる。朱音《あかね》はデザートの苺《いちご》を焼こうとして陽鞠に止められる。

騒がしいけれど楽しい食事の風景に、才人は実家にいた頃を思い出す。一人きりでカップ麺をすすっていたときからは、想像もできない状況だ。

朱音は苺アイスが気に入ったらしく、肉も食べずにひたすらアイスを食べている。

「今日は陽鞠もしっかり勉強していたわね。偉いわ」

陽鞠は嬉《うれ》しそうに笑う。

「えへへ～。でも朱音の方が偉いよ」

「あら、どうして？」

「私と違って、昔からしっかり夢を持ってるもん。お医者さんになりたいって夢に向かって一生懸命頑張ってる朱音、すっごく格好《かっこ》いいと思う」

「か、格好良くはないけど……」

照れる朱音に、抱きつく陽鞠。

「え〜、かっこいいよ〜。朱音はずっと私のヒーローだもん」

「ヒーローなんかじゃないわよ」

「じゃあ、王子様だね」

「もう……陽鞠ったら」

陽鞠に頬擦《ほおず》りされ、朱音はくすぐったそうに肩を縮める。互いの手を握り合い、指を絡め合っている。

親友同士とはいえ、この二人の親密さは度を超していて、才人は目のやり場に困る。

「え、えーと、真帆は夢とかあるのか？」

「アタシの夢はね〜、おにーちゃんのお嫁さんかなっ！」

真帆は目元ピースしてウインクした。

「はいはい」

「冗談じゃなく、おにーちゃんのこと好きだよ？」

「ありがとな」

才人《さいと》は真帆《まほ》の頭に手を置いた。

「やっぱり冗談だと思ってるでしょ」

真帆は才人の手を押《お》し退《の》ける。

才人から顔をそらすと、うつむいてつぶやく。

「ホント、どうしてアタシじゃなかったのかなぁ……」

どこか寂しそうな声だった。グラスを握った手に、力がこもっている。

朱音《あかね》が尋ねる。

「アタシじゃなかったって、なにが？」

「ううん、なんでもないよ♪」

真帆は弾《はじ》けるような笑顔で答えた。なんだか様子がおかしい。

「どうした？　具合でも悪いのか？」

才人は心配した。はしゃいでいる割に真帆は食欲がないらしく、肉に手は伸びず、小皿のタレもほとんど減っていない。

「全然。元気元気！　今からでも日本一周走れるくらいだよ～！」

「それならいいが。無理するなよ」

「……うん。ありがと」

耳を赤くする真帆。

「そういえば、才人の夢はなんなのかしら？　お互いの夢のために結婚したのに、聞いたことがなかったわ」

朱音から問われ、才人は口ごもる。

「俺の夢は……その……なんというか……世界征服だよ！」

陽鞠《ひまり》が目を輝かせる。

「やっぱり!?　どこから滅ぼすの!?」

「なぜお前はそこまで人類を滅ぼすことに前向きなんだ。心に闇があるのか」

「ないよ！　あるのは才人くんへの愛だけだよ！」

「真に受けちゃダメよ。世界征服だなんて、嘘《うそ》に決まってるじゃない」

「そうなの!?　本当はなんなの!?　知りたいよ！」

「なんなのかしら？　私も知りたいわ」

朱音と陽鞠が才人に迫ってくる。

たじろぐ才人。

「いや……別に知っても得するわけじゃないし……」

皆に話すのは恥ずかしい。才人の夢を知っているのは、糸青《しせい》だけなのだ。ちなみにその糸青は今、我関せずといった体でひたすら冷麺をすすっている。

才人は話題を変える。

「そ、そうだ！　陽鞠《ひまり》はお洒落《しゃれ》なんだし、ファッション関連の仕事とか向いてるんじゃないか？」

陽鞠が目を丸くする。

「才人《さいと》くん鋭いね！　実は前から、美容師さんって憧れてたんだよね。私なんかにできるかどうか分からなくて、夢にするのもどうかなって迷ってたんだけど」

真帆《まほ》が人差し指を突き出して言い放つ。

「向いてるかどうか分かんないなら、試してみればいいんだよ！　おにーちゃんで！」

「俺で……？」

才人は嫌な予感がした。

真っ暗な密室。

才人は椅子に縛りつけられている。布の紐《ひも》のようなモノで、腕は肘掛けにぐるぐる巻きにされている。足首は手錠で拘束され、両脚をガムテープで巻かれている。

空き部屋には才人以外の人間がおらず、助けを呼び求めても駆けつける者はいない。夜の冷気が肌を刺し、冷たい床に触れた素足が痛かった。

廊下の扉が開き、誰かが部屋に入ってきた。急に照明がつけられて、その眩《まぶ》しさに才人は目をつぶる。

近づいてくる足音、香水の匂い。

その誰かは、熱く焼けたコテを持って微笑《ほほえ》んでいた。

「やめろ！ やめろおおおおお！」

才人の懇願もむなしく、無慈悲に焼きゴテが襲いかかる。

じゅっと蒸気を上げて焼ける髪。

肌を苛《さいな》む苛烈な熱。

あっという間に、才人は……才人の髪は……優雅な縦ロールに造り替えられてしまう。

「わあ～、かわいい～！ 才人くん、似合う～♪」

陽鞠が焼きゴテを振り回してはしゃぐ。溶鉱炉の鉄のような代物が何度も顔をかすめ、才人は命の危険を感じる。

「美容師になるならその凶器を振り回すのはやめた方がいい。そして髪を螺旋状《らせんじょう》に加工する意味がまったく分からん」

「可愛《かわい》いからだよー。みんなもやろっ！」

「「「やるー！」」」

自宅の廊下から、他の少女たちが空き部屋に飛び込んでくる。それぞれが武器のごとくメイク道具を構え、モチベーションは上がりきっている。

「おにーちゃんの肌には、ブルべのファンデが合うと思うんだよねー。下地はピンク系かなっ」

真帆《まほ》が小さなスポンジで才人《さいと》の顔にファンデーションを塗りたくる。妙な匂いの粉を吸い込んでしまい、才人は咳《せ》き込《こ》む。

「俺を解放しろ！」

「ダメだよ～、才人くん。暴れたら、火傷《やけど》しちゃうからね」

陽鞠《ひまり》は焼きゴテを使って、丁寧に縦ロールを増やしていく。

朱音《あかね》は口紅を持ってモジモジしている。

「この口紅を使ったら、才人と間接キスになっちゃうんじゃ……。新しい口紅は持ってないし……」

「だいじょぶ。シセのがある」

糸青《しせい》が口紅を持って才人の膝によじ登る。

「ちょ、ちょっと！　私がやる！　それは私がやるわ！」

朱音が引っ張っても、糸青は断固として才人の膝から降りようとしない。芸術的なまでに美しい顔を才人に寄せ、熱心に口紅を塗っていく。

「兄《あに》くんとキスしたこともない朱音は、無理しなくていい」

「なっ、私だって才人とキスくらいしたことあるわ！　ごせんおくかいぐらいっ！」

「唇が擦り切れそうだな……」

糸青が好戦的に要求する。

「だったら今ここでやってみてほしい。濃厚なラブシーンを希望」

「ら、らぶしーん……？」

羞恥で燃え尽きそうになる朱音。

真帆がハイテンションで朱音の袖を引っ張る。

「おねーちゃん、アイシャドウ塗ろうよ！　アタシは左ね！」

「右は私に任せなさい！」

「そこは分業するとまずいんじゃないのか!?」

才人の苦情は聞き入れられない。姉妹は嬉々《きき》として左右から才人のまぶたにアイシャドウを塗っていく。

陽鞠が一仕事終えて額を拭った。

「ふー、これでだいたいカールはできたかなー。後ろで結ってハートマークにするのも可愛《かわい》いよね」

「ひまりんひまりん！　まつエクとビューラーどっちにする？」

「あっ、そうだった！　ちゃんとやりたいから、ビューラーがいいかな」

焼きゴテのミニバージョンのような道具を、陽鞠が才人の目に近づけてくる。

才人《さいと》は全力で拘束から逃れようとする。

「や、やめろ！　ウソだろ⁉　そんなモノを目に……⁉」

「怖いけど、女の子はみんなやってるんだよ♪」

「ぎゃあああああ⁉」

容赦なくホットビューラーで熱されるまつげ。

真帆《まほ》が才人の顔を観察して唸《うな》る。

「んー、なんかこの辺の余白、寂しいよね……。ウサギでも描こうかなっ」

「私は余白に苺《いちご》を描くわ」

「シセは余白に焼きそばを描く」

「余白……？」

才人は落書き帳になった気分だ。もはや人間としての尊厳は残されていない。完全に少女たちの玩具《おもちゃ》にされ、夜は更けていく。

拷問にも近い無限の時間が過ぎ、ようやく少女たちが才人から離れた。一メートルほど距離を置き、仕上がりを確かめる。

「おー。兄《あに》くん、かわいい」

「ほらほらっ、才人くん！　可愛《かわい》くできたでしょ！」

陽鞠《ひまり》が手鏡で才人の顔を映してみせる。

そこに映っているのは……縦ロールヘアにリボンを大量装備し、左目は星マーク、右目は月マーク、肌は白粉《おしろい》のように分厚く塗られ、ピエロのごとく唇を吊《つ》り上《あ》げた異形だった。

「バケモノじゃねーか！」

「そんなことないよ！　おにーちゃん、超キュートだよ！　結婚したいくらい！」

親指を立てる真帆《まほ》。

「私たちの卒業記念作品にできそうね」

首肯する朱音《あかね》。

「お前たちの美的感覚はどうかしている！」

才人《さいと》は訴えた。法廷にも訴えたい気持ちだった。

陽鞠《ひまり》が満足げに伸びをする。

「あー、楽しかったー。……でも、なんでこういうことやってたんだっけ？」

「なんでだっけ？」

首を傾《かし》げる真帆。

「うまー」

ニボシをかじっている糸青《しせい》。

「……おい」

好き放題に遊ばれた才人は額に青筋を立てる。

朱音が指摘する。

「もう。陽鞠が美容師に向いてるかどうか試したかったんでしょ？」

「あ、そっか！　才人くん、ありがとっ！　私、美容師向いてる気がするよっ！」

陽鞠がVサインを突き出した。

「そりゃ良かったな……」

少女たちは満足かもしれないが、散々弄ばれた才人は燃え尽きている。

朱音、陽鞠、糸青は、楽しかったねーなどと和気藹々《わきあいあい》とお喋《しゃべ》りしながら、メイク道具を持って廊下に出ていった。嵐が過ぎ去った部屋に残されたのは、才人と真帆の二人だけ。

真帆が肩をすくめて笑う。

「大変だったねー、おにーちゃん」

「お前が妙な提案をするからだろうが」

才人は真帆を睨《にら》み据《す》えた。

「ごめんごめん♪　お詫《わ》びになんでもしてあげるよ？　なにがいい？　どこを舐《な》めてほしい？」

真帆はちろりと自分の唇を舐めた。

「俺は早くニンゲンに戻りたい」

切実な願いだった。

「えー。かわいーのに」

「可愛《かわい》さなど求めていない」

「仕方ないなー」

真帆《まほ》は口を尖《とが》らせながらも、湿ったコットンで才人《さいと》の顔を拭いていく。顔の端から端まで、丁寧に化粧を取り除いていく。

「適当でいいから、早く済ませてくれ。というか、まずは紐《ひも》を解け」

「あ～、そんなワガママ言っていいのかな～？　自分の立場が分かってないよね～？」

真帆が才人の間近で笑った。

「立場だと……？」

身構える才人。

「そうだよ。今、あなたはアタシと密室で二人っきり、しかも身動きが取れない。アタシになにされても抵抗できない立場なんだよ？」

真帆は妖しい手つきで、才人のシャツのボタンを外していく。

「お、おい……やめろ……」

「やめないよ～♪　こちょこちょこちょ～っ！」

才人の脇に手を入れ、直《じか》にくすぐる真帆。

「やめやめやめっ、くすぐったい！　くすぐったいから！」

「やーん、かわいー♥　じゃーあ、こういうのはどうかなーっ？」

真帆は才人の首筋を、ぺろぺろと舐《な》めてくる。耳の後ろに舌を這《は》わせ、自分の唇で才人の耳を挟んで滑らせていく。

「くっ……」

「気持ちいい？　きもちーでしょ？　もっと気持ち良くしてあげる♥」

真帆は舌を小さく丸めると、舌先を耳の穴に潜り込ませてきた。

耳をくすぐる、甘い吐息。真帆は才人に密着し、逃がすまいとするかのようにしがみついている。その指先の感触までが甘く、才人は身を縮める。

「ねえ……さーくん」

真帆が才人の耳元でささやいた。

「なんだ急に……その呼び方は」

才人は違和感を覚えるが、真帆は構わず続ける。

「さーくんは、夢とおねーちゃん、どっちが大事？」

「は……？」

不意打ちのような質問。

真帆は才人の脚に膝を乗せ、肩に両手を置いて、才人の顔を覗《のぞ》き込《こ》む。

「答えて。さーくんは、おねーちゃんのために、夢を諦めることはできる？」

「それは……」

才人《さいと》は口ごもる。

一度も考えたことがなかった。才人と朱音《あかね》は夢を叶《かな》えるために結婚しただけで、夢はなによりも優先される……はずだ。

「はい、時間切れ。すぐ答えられなかったさーくんには、罰ゲームです」

「罰ゲーム……？」

訝《いぶか》しむ才人に、真帆《まほ》が顔を寄せた。

やわらかな感触が、才人の唇に押し当てられる。

それが真帆の唇だと分かるまで、数秒。

長いまつげが、震えていた。真帆は今までにないほど真剣な表情で、憑《つ》かれたように艶《あで》やかな眼差《まなざ》しで、才人を見つめている。

「ちょっ……真帆……」

抗議する暇すら与えず、真帆の舌が才人の唇を割って滑り込んでくる。小動物のようにイタズラな舌が、才人の舌に戯れて絡みつき、歯茎を舐《な》め回《まわ》してくる。

大胆なことをしているのに、その姿は弱々しく、まるで才人の生命力を少しでも分けてほしがっているかのようだった。才人の唇に吸いつき、喉から甘い声を漏らす。

息が続かなくなったのか、真帆が才人から唇を離す。二人の舌のあいだで、唾液が淫らに糸を引いていた。

「はあ……はあ……」

真帆は才人に寄りかかり、激しく荒立つ胸を手の平で押さえる。

「大丈夫か……？」

「さーくんは、優しいね……。こんなことしても、怒らないんだ」

「びっくりはしたが……それより心配になる」

「やっぱり、優しい。……ごめんね」

寂しそうに笑う真帆。

苦労しながら才人の体から紐《ひも》を解いていく。ガムテープを剥《は》がすのは力が足りないらしく、顔を真っ赤にして頑張っている。

ようやく拘束から解放された才人が立ち上がると、真帆が腕の中に倒れ込んできた。才人は真帆の体を受け止める。夜も遅いし、ずっとはしゃいでいたから疲れたのだろう。

「どうして、こんなことを？」

「シたかったから」

「お前な……」

衝動のままに突っ走る真帆らしくはある。

「アタシのファーストキス、嬉《うれ》しい？」

「俺にはもったいない。ファーストキスの無駄遣いだ」

「無駄じゃないよ。初めて逢《あ》ったとき、言ったよね。さーくんのこと、気に入ったって」

「だからってな……」

才人《さいと》はため息をつく。

「……ね、さーくん。おねーちゃんたちは、戻ってこないみたい。まだ二人で……できるよね……？」

真帆《まほ》は才人の首に腕を回し、甘えるように唇を吸った。


3年A組の教室で、才人の机に女子生徒たちが駆け寄る。

「北条《ほうじょう》くーん、おはよー！」

「え？　ああ、おはよう」

戸惑いがちに応《こた》える才人。

「北条くん、ＩＤ交換しよーよー！」「そーそー、過去問で分からないとこあったら相談したいしー！」「勉強以外の話もしたいし！」

「俺は構わないが……」

「「やったー！」」

女子生徒たちはスマートフォンを出して才人と連絡先を交換し、きゃーきゃー騒ぎながら走り去っていく。

その様子を、朱音《あかね》は遠くからおろおろしながら眺めていた。

「……気になるよね？」

背後から真帆が突然出現し、朱音は悲鳴を上げた。

「真帆!?　来てたの!?」

「だいぶ前からおねーちゃんの後ろに隠れてたよ！」

「なんで隠れてるのか知らないけど……もう自分のクラスみたいに入り浸っているわね」

「アタシがいるところ……そこがアタシの教室だからねっ！」

真帆はピースサインを突き出すが、意味はまったく分からない。とりあえず非常に図々《ずうずう》しい。上級生のエリアに侵入することへの遠慮が一切ない。

「兄《あに》くんが急にモテ出している」

糸青《しせい》が朱音の脚のあいだから突然出現し、朱音は再び悲鳴を上げた。

「糸青さん!?　どうしてそこに!?」

「朱音の股のあいだが落ち着くから。兄くんの股のあいだの次に、だけど。一位になれなくて残念」

「そんなことで一位になりたくはないけど!?」

「大丈夫、理解している」

朱音《あかね》の肩を叩《たた》く糸青《しせい》。絶対に理解していない。

「やっぱ、おにーちゃんモテ始めてるよねー？」

「明らかに。シセの見立てでは、兄《あに》くんを狙っているメスがこの教室に十体はいる」

糸青はファイティングポーズで教室を見回す。小さなゲンコツを握り締める姿は、小動物がケンカを売っているように見えて可愛《かわい》らしい。

「別にモテてはいないんじゃないかしら。受験前だから、無料の家庭教師として便利に使われているだけで」

ちっちっ、と真帆《まほ》が人差し指を振る。

「おねーちゃん、分かってないなー。おにーちゃんってば結構イケメンだし、一年の女子にも人気なんだよー？　おにーちゃんのこと紹介してってクラスの女子から頼まれたりしたし。いつもアタシのこと嫌ってるのに、勝手だよねー」

「ウソ!?」

朱音は目を見張った。

「ホントだよ。まあ、紹介しちゃったら終わりだし？　クラスの可愛い女の子たちがみんなアタシの手に堕《お》ちるまで、引き延ばしまくるつもりだけどね！」

「真帆は極悪」

「えっ？　アタシのこと大好きって!?　アタシもしーちゃんが大好きだよっ！」

真帆は糸青に抱きついた。好き勝手に振り回され、糸青は抜け出そうとしてジタバタしている。

朱音は丸めた手を口元に添える。

「そういえば……最近、才人《さいと》が妙にそわそわしているのよね。私がリビングに入ったら、才人が急いでスマートフォンをポケットにしまったりとか」

「完全に浮気だね！」

真帆が断定した。

「う、浮気ではないいんじゃないかしら……。昨夜は楽しそうに荷造りしてたけど……。『今度の休みは一人で出かけて、帰りは朝になる』とか言って、行き先も教えてくれなかったけど……」

糸青は腕組みして重々しくうなずく。

「朝帰り宣言。兄くんはヤる気」

「きゃっ！　ヤる気ってナニを!?」

真帆は両手で頬《ほお》を押さえ、わざとらしく恥じらう。

そこへ陽鞠《ひまり》が歩み寄ってきた。

「みんな、なんの話してるのー？　私も交ぜて！」

「陽鞠《ひまり》……」

才人《さいと》が内緒でお泊まり旅行をするとしたら、相手は陽鞠という線が最も濃厚だろう。糸《し》青《せい》の屋敷に泊まるなら隠す必要はないし、真帆《まほ》とそういう関係になるのは考えられない。

朱音《あかね》は恐る恐る尋ねる。

「今度の休み……陽鞠って予定ある？」

「え？　ないけど？　みんなで遊ぶなら私も行くよ！」

「良かった……」

胸を撫《な》で下《お》ろす朱音に、陽鞠が目をぱちくりさせる。

「良かったって、なにが？」

「今度の休み、おにーちゃんがどっかにお泊まりするみたいなんだよ。ひまりんと熱海《あたみ》旅行なんじゃないかって、おねーちゃんは心配してるの」

「そうだったら嬉《うれ》しいけど、残念ながら違うなー。どこの女と泊まるんだろね……？　さすがにちょっとあちこち手を出しすぎだよねえ……？」

漆黒の炎を燃やす陽鞠。

「お、女の子って決まったわけでは……」

一縷《いちる》の希望にすがる朱音。

真帆が朱音の肩に手を置いて言い聞かせる。

「現実を見なきゃダメだよ。相手が男子なら、行き先くらい教えてくれるはずでしょ？　そうじゃないってことは、行き先はホテルなんだよ」

「うぅ……」

朱音は拳を握り締めた。

やっと想《おも》いが通じたのに、この状況。自分の性格が悪くて嫌われやすいのは分かっているけれど、あんまりではないだろうか。

「これを朱音に授ける」

糸青が小さなカプセルを差し出した。

「なにかしら……？」

「体内潜伏型の発信器。兄《あに》くんのごはんに混ぜて、尾行するといい」

「……分かったわ。浮気現場に踏み込んで、才人に死よりも恐ろしい思いを味わわせてあげるわ！」

朱音は闘志をたぎらせた。


土曜の昼下がり。

才人は浮き浮きした様子で出かける準備をしていた。

普段は手ぶらなのに、今日は珍しく大荷物。デオドラントのような小さなスプレーを全身にかけて、女受けしそうな香りまでつけている。

——やっぱり浮気だわ！

朱音《あかね》は確信した。

両想《りょうおも》いから浮気までの切り替えが速すぎることへの悲しみは当然ありつつも、大罪人に必ず処罰を下すという怒りの方が遥《はる》かに勝る。

朱音は尾行セット（あんパンなど）と処罰グッズ（マジカルステッキ形スタンガンなど）をナップザックに詰め、才人《さいと》の後から玄関を出た。

才人に気付かれないよう、距離を置いてこっそりと後をつける。万一の事態に備え、目出し帽も被《かぶ》っておく。通行人たちから不審がられている気がするが、それどころではない。

今の朱音は断罪の権化なのだ。

才人は大通りに出ると、停留所でバスに乗った。

朱音は置いて行かれそうになり、慌ててバスに走り込む。

運転手の声がスピーカーから響く。

「お客さん、それは脱いでもらえませんかね。怖いので」

「ご、ごめんなさい」

朱音は目出し帽を外し、手で顔を隠して後ろの方の座席に走った。

才人が座ったのは最前列の一人席だし、朱音の方は見ていなかったから、尾行には気付かれていないはずだ。朱音は動悸《どうき》を覚えながら座席の中で縮こまる。

才人は何度もバスを乗り換えた。

朱音は何度も置き去りにされそうになる。その度に全力ダッシュし、車内に滑り込む。もう結構な距離を移動しているのだけれど、いったいどこまで行くつもりだろうか。もっと尾《つ》けやすいルートを使ってほしい。

——尾行には全然気付かれていないし、あいかわらず才人は抜けているわね！　私の尾行がプロフェッショナルなだけかしら！

朱音はご機嫌で前方の座席の才人を監視する。才人はのほほんと本を読んだり、プロテイン団子をかじったりしている。

このプロテイン団子は、才人の特製。朱音が「プロテインばかり飲んでいてはダメ」と叱ったら、ならばプロテインを食えばいいだろうとの発想で才人が生み出したバケモノだ。

こんなに遠くまで来るなら、一緒に旅行できたら良かったのに、と朱音は少し残念に思ってしまう。

——ううん、相手は最低の浮気男よ！　断じて旅行なんてしたくないわ！

激しく頭を振って雑念を追い払う。今は才人を殺すことだけを考えなければならない。

いつしか陽《ひ》は暮れていた。バスは片田舎のさらに外れで停《と》まった。

既に車内には才人《さいと》と朱音《あかね》以外の乗客はなく、朱音は才人にバレないかびくつきながらバスを降りる。

古ぼけた停留所はトタン屋根で、はめ込まれた木製のベンチは朽ちていた。辺りに民家はなく、田畑と野原がひたすらに広がっている。

才人は近くの登山道を登っていった。

普段から人通りがないのか、登山道は荒れ果て、木の枝や落ち葉が転がっている。葉を踏む音に気付かれそうで、朱音は才人から距離を置いて追跡する。

辺りからは、正体も分からぬ獣の鳴き声が聞こえていた。濃厚な草木の匂いと、土の匂いが、霧に乗って流れてくる。木々は複雑に絡み合い、密林と化している。

——才人ったら、こんなところで誰と浮気を……？　ハッ!?　浮気相手はゴリラ!?　ゴリラなのね!?　間違いないわ！

朱音は確信した。ゴリラを捕獲して動物園に送り込めば、今日の浮気は解決だ。人間相手よりも簡単だろう。

——でも、私一人でゴリラに勝てるかしら……？　才人とゴリラがタッグを組んだら……？　交渉用のバナナを持ってきた方が良かったかも……。

などと案じているあいだに、いつの間にか才人の姿は消えていた。

慌てる朱音。

——ウソでしょ!?　才人のくせに小賢《こざか》しいわ！

だが、こんなときのための発信器だ。朱音は発信器とペアリングしておいたスマートフォンのアプリを起動し、追跡画面を表示する。才人につけた発信器を表す犬形のアイコンを目指して歩き出す。

周囲はほぼ獣道のような山道で、街灯もなく真っ暗だった。茂みの中になにか潜んでいるような気がして、朱音は茂みから目をそらす。背後で物音が聞こえたが、振り返ったら襲われそうで、足を止めずに走っていく。

怖い。怖くて仕方ない。なぜ自分がこんなところにいるのか、こんな危ない目に遭わなければいけないのか。このまま才人とはぐれて迷子になったらどうしようと思うと、涙が滲《にじ》んでくる。

画面を確認する朱音。犬形のアイコンは、すぐ近くで点滅している。

朱音は息を切らしながら、木々のあいだを抜け、開けた場所に飛び出す。

「才人！　やっと追いついたわよ！」

もはや隠れて尾行することなど忘れている。浮気相手がいても構わないからとにかく安心が欲しくて、大声で宣言してしまう。

けれど、そこには浮気相手どころか、才人さえいなかった。落ち葉の絨毯《じゅうたん》の真ん中に置かれた大岩、その上に、発信器のカプセルが載っている。

「え、ど、どういうこと……？」

混乱する朱音《あかね》の肩に、背後から手が触れた。

「おい」

「きゃあああああああああ！」

朱音は瞬時にナップザックからマジカルステッキ形スタンガンを取り出し、振り回す。電圧を最大まで上げたスタンガンから、暗闇に火花が飛び散る。

「待て待て、俺だ！　俺俺！」

「相手が誰であろうと確実に抹殺するわ！」

「抹殺するな！　落ち着け！　北条才人《ほうじようさいと》だ！」

「才人……？」

スタンガンの火花越しに確かめると、立っていたのは才人だった。朱音はスタンガンのスイッチを切って、才人にむしゃぶりつく。

「バカバカバカ！　びっくりさせないでよ！　急にいなくならないでよ！　遭難するかと思ったじゃない！」

ぽかぽかと才人の胸を叩《たた》きながら訴える。

「す、すまん。なんか尾行されてるみたいだったから」

「いつから気付いてたの……？」

涙目で才人を睨《にら》みつける。

「お前が料理に謎のカプセルを仕込んでいたときから……。リモート爆弾かと思ったら、発信器だったんだな。どうして尾行したんだ？」

「あんたが浮気しようとするからよ！」

「浮気なんてしない！」

「ウソよ！　行き先も私に教えてくれなかったし、朝帰りになるって言うし！」

「ああ……」

才人は頭を掻《か》いた。

「本当に浮気とかじゃないんだ。街の灯《あか》りがないところで、流星群を見たくてな」

「流星群……？」

「知らないのか？　百年に一度の貴重な夜なんだぞ」

「そういえば……ニュースで言っていたような気も……。あんた、意外とロマンチックなタイプだったのね。へえ〜……。ふうーん……」

怖い思いをさせられた恨みを込め、朱音は冷やかすように才人を眺める。

「ほら、そういう反応になるだろ！　だいぶ山奥まで歩かないといけないし、一人で見ようかと思って」

「じゃあ、私もついていくわ！」

「いや……」

ためらう才人《さいと》。

「こんなところに私を置いていくって言うの!?　それでも人間!?　本当に浮気相手がいないか確かめるためにも、ついてくったらついてくの！」

朱音《あかね》は才人の腕にしがみついた。


才人は朱音と共に山道を登る。

舗装されていない道は、湿った落ち葉で滑りやすくなっていた。ペンライトで照らしていないと、足下が覚束《おぼつか》ない。

地面を這《は》っている太い木の根に、朱音が蹴つまずく。

「きゃっ!?」

「朱音!?」

倒れそうになる朱音を、才人はとっさに抱き止めた。

「大丈夫か？」

「平気よ……」

朱音は才人の腕の中でうつむく。暗いのが心細いらしく、体が小さく震えている。

——怖がりなのに、無理するヤツだな。

いじらしい朱音の姿に、才人は胸がうずく。

ヤキモチを妬《や》いて追いかけてきてくれたのも、実は嬉《うれ》しかった。そんなことを言ったら怒られそうだから、口にはできないけれど。

「手、繋《つな》ぐか？」

「別に一人でも歩けるけど、あんたが迷子になったら困るから繋いであげてもいいわ！」

いつもの憎まれ口も、朱音の本当の気持ちを知っていると可愛《かわい》く聞こえてしまう。強がっている割にしっかりと才人の手を握っているのも愛らしい。

急な上り坂の連続に、朱音は息を切らしていた。

「荷物、重いだろ。持つぞ」

「な、舐《な》めないで！　自分の荷物ぐらい自分で持てるわ！」

「いいから、ほら」

「うう……ありがと」

才人が穏やかに促すと、朱音は悔しそうにナップザックを差し出す。

山の奥深くに進むにつれ、スマートフォンの地図アプリも頼りにならなくなっていく。

幾度か道を間違えたのか、頂上付近にたどり着く頃には真夜中を過ぎていた。

歴史を感じさせる鳥居の横を抜け、深夜なのに轟音《ごうおん》を響かせているコンクリートの建物の前を通ると、展望台が見えてくる。周囲に駐車場がなく、徒歩でしか来られない場所のせいか、他に人はいなかった。

落ち葉と苔《こけ》に覆われた階段を上り、二人は展望台の上に到着する。

「やっと着いたわ……」

朱音《あかね》は石畳にへたり込んだ。

「飲むか？」

才人《さいと》は自分のナップザックからボトルを取り出し、中身をコップに注《つ》いで朱音に渡す。

朱音はコップに飛びつくようにして呑《の》み干《ほ》す。

「……ぷはっ。なにこれ……？　パインジュース？」

「ＢＣＡＡ、筋肉の修復を促進する必須アミノ酸を氷水に溶いたものだ。肉体疲労にビンビン効くだろ？」

「ビンビン効くかは分からないけど……普通に美味《おい》しかったわ。よく冷えてたし」

「それは良かった」

才人はコップにＢＣＡＡジュースを注ぎ、自分も飲もうとして……朱音からじーっと見られていることに気付く。

「間接キスになってしまうか。俺はボトルから直接飲むよ」

「別に……いいけど。間接キス」

そんなことを言われて、穴が空くほど見つめられたら、心拍数が上がってしまう。才人はBCAAジュースを飲むが、緊張しているせいで味がよく分からない。

朱音がナップザックから包みを取り出す。

「私もお弁当を作ってきたの。才人の浮気相手に会ったら、叩《たた》きつけてあげようと思って」

「なぜ弁当を叩きつけるんだ……」

「決闘を申し込むのよ！」

「お前の故郷ではそういう風習なのか……」

「私だけの風習よ！」

開いた弁当箱の中には、おにぎり、卵焼き、唐揚げ、タコさんウィンナーなど、ピクニックに最適なメニューが揃《そろ》っていた。デザートに苺《いちご》も入っているのは通常営業だ。

才人はおにぎりを手に取って頬張《ほおば》った。絶妙に塩気の効いた握り飯。中には塩昆布が入っていて、山登りで失われた塩分を補ってくれる。

天竜《てんりゅう》に連れて行かれる料亭のご馳走《ちそう》に比べたらシンプルなのに、こんなにも満ち足りた気分になれるのは、やはり朱音が作ってくれた手料理だからだろう。

二人が深夜のピクニックを楽しんでいると、夜空を一筋の光が駆け抜けた。

「え……？　今のって……」

きょとんとする朱音《あかね》。

「流れ星だ！」

才人《さいと》は立ち上がった。

星の滴のような光が、一つ、また一つと、紺碧《こんぺき》の空を流れ落ちていく。

輝きが闇を掻《か》き鳴《な》らし、純白の雨となって遥《はる》か彼方《かなた》に降り注ぐ。

あまりの多さに、どこを見ればよいのか分からない。

朱音は両腕を広げ、体を回転させながら夜空を見上げる。

「すごい……。こんなたくさんの流れ星、初めて見たわ……」

「ああ……」

文明に浸された街中では見られない、原初からの光輝の輪舞。宇宙の音色が聞こえるような光景を、才人と朱音は息を呑《の》んで見守る。

「……俺の夢はさ」

「え」

流れ星に急《せ》かされるようにして、才人の喉から言葉がこぼれ落ちた。

「宇宙に住むことなんだ」

「宇宙ステーション？」

朱音が小首を傾《かし》げる。

「もっと遠く。このクソみたいな地球から遠く離れて、人間が住める惑星で暮らしたい。ずっと、小さな頃から憧れていた。この星には居場所がなくても、宇宙のどこかには俺が安らかに暮らせる場所があるって」

才人は夜空に向かって手を伸ばす。

流れ星が指先をかすめるけれど、その指が熱い星に触れることは決してない。こんな地の底からは届かないほど遠くに、自由な星たちが舞っている。

「才人……」

朱音が胸元で手を握り締めた。

「この夢は大きすぎて、俺の一生かけても届くか分からない。宇宙開発には、資金も人材も技術も膨大に要る。だから、俺はなんとしても北条《ほうじょう》グループを継ぐ必要があるんだ」

雰囲気に呑まれて大言壮語を漏らしている自覚はある。こんなに口が滑ったのは、朱音に初めて逢《あ》ったパーティのときくらいだ。

急に羞恥心が込み上げてきて、才人は苦笑する。

「子供みたいだと笑われそうだから、あんまり人には言いたくなかったんだけどな」

「ううん、応援するわ！」

朱音は才人の方に身を乗り出す。

「笑わないのか？」

才人《さいと》は意外に思った。朱音《あかね》のことだから、鬼の首を獲《と》ったように三十分くらいはバカにされる気がしていたのだが。

「笑うわけないじゃない！　やっとあんたが夢を教えてくれたんだから！　あんたって、本当は冷めたヤツじゃなかったのね！　最高の夢だと思うわ！」

朱音は目を輝かせ、才人の両手を握り締める。

「………っ」

才人は頭の奥が熱く痺《しび》れるのを感じた。

秘めていた夢を朱音に肯定されたのが、自分自身の一番大事な部分を受け入れてもらえたようで。胸が締めつけられて、視界が朧《おぼろ》に揺らぐ。

「あんたの夢をサポートするためなら、私は自分の夢を諦めても構わないわ！　全力であんたのこと支えるから！」

「いやいや！　そこまでしなくていい！」

才人はぎょっとした。

「ええ……？　せっかく私が手伝ってあげるって言ってるのに。厚意は素直に受け取りなさいよ、面倒な男ね」

「お前が言うか……」

めんどくさい女ランキングがあったら総合一位を取りそうな朱音である。

「とにかく、私はあんたに夢を叶《かな》えてほしいの！ もっと幸せになってほしいの！ 恥ずかしいのガマンして言ってるんだから、分かりなさいよ！」

「……ありがとう」

やはり朱音は情熱的だ。ケンカするときも全力で、愛するときも全力。自分の夢まで犠牲にしようとするのは、ちょっと危なっかしいところでもあるけれど。

「あっ、また流れ星！ ほらほらっ、あんたも見なさいよ！」

「……ああ」

二人は互いに寄り添って、降り注ぐ流星群を眺める。

それは、才人が一人で見てきたどんな星空よりも美しい。

けれど、いつしか才人は星空を眺めることも忘れ、朱音の横顔を眺めていた。流星群の輝きよりも、朱音の瞳の輝きを美しいと感じてしまった。

今の光景を、自分はいつまでも覚えている。記憶が薄れない才人だが、この夜のことだけは、他のあらゆる記憶よりも鮮やかに覚えている。

永い歳月を超えて、老人になっても、きっと懐かしく思い出す。

そう、才人は確信できた。

流星群すっごく綺麗だったわね
帰りはどうするの？バス？
バスは終わってる時間だから徒歩だな
HAHA
バカなの!?
何時間歩くつもり!?
一応寝袋は持ってきているが…
女子には寒いぞ？
く
くっついて寝れば寒くないでしょ！
ごそっ…
ドッドッ
ドッドッ
熱いな…
熱いわね…

第四章

『選択』

episode4

才人《さいと》が登校しようと自宅の廊下を歩いていると、朱音《あかね》が駆け寄ってきた。

「待って、才人！」

「なんだ？　今日はちゃんと弁当は持ってるぞ」

才人は鞄《かばん》から弁当箱の包みを取り出して見せた。

「そうじゃなくて！」

「ネクタイもちゃんと締めてる」

「それでもなくて！」

「だったら、なんだ？」

訝《いぶか》る才人に、朱音が飛びついてくる。

両腕を回して才人を抱き締め、体を預けるような勢いの抱擁。才人は不意をつかれて倒れそうになりつつも、朱音を抱き止める。

「お、おい？　どうした？」

「充電。学校ではあんまり才人に触れられないから、今のうちにくっついておくの」

朱音は才人の胸に顔をうずめ、心地よさそうに深呼吸する。才人の胸に顔を擦りつけ、猫が甘えるような声を漏らしている。

朝っぱらから愛情の過剰摂取に、才人《さいと》は頭がくらくらするのを感じた。

「可愛《かわい》すぎて困るんだが……どうしたらいい？」

「ぎゅってしてくれたらいいと思うわ」

要望に応《こた》えて、朱音《あかね》を抱き締める。

朱音は嬉《うれ》しそうに笑って、才人を抱き締め返してくる。華奢《きやしや》な体と細い腕なのに、不思議と頼もしく、安らぐ感触。

「大好きよ、才人。今日も大好き」

「俺も大好きだ」

「知ってる」

天敵だった少女と、こんな言葉を交わす関係になるなんて、才人は想像もしていなかった。いざ想《おも》いが通じ合ってみると、こうなるしかなかった気もするから不思議だ。

「ねえ。学校でも、みんなに見つからない場所なら、ぎゅってしても大丈夫なんじゃないかしら？」

「たとえば？」

「空き教室とか、屋上とか」

「バレたときのリスクが高いぞ」

「でも、ガマンできないもの。教室で才人を見る度、抱きつきたくて仕方ないのよ？」

おねだりするように、朱音が才人を見上げる。敵意のない彼女の眼差《まなざ》しは、すべてを包み込むように優しくて、甘い。

「……分かった。少しだけなら」

「うん！　少しだけ！」

声を弾ませる朱音。

「で、これはいつまでやるんだ？」

「あと一時間くらい」

「全然少しじゃないな。遅刻するぞ」

「いいもん。学校なんて休んじゃうもん」

たしなめても、朱音は離れようとしない。

才人も押《お》し退《の》けるのはもったいなくて、蜂蜜よりとろけた時間を全身で味わう。

ようやくたどり着いた幸せな生活。それはきっといつまでも続くのだと信じられた。

そのとき、才人のスマートフォンから着信音が流れた。

才人は朱音を胸に抱いたまま、スマートフォンを耳に当てて電話に出る。聞こえてくるのは、天竜《てんりゅう》の無骨な声。

『おはよう、才人！　朝から嫁とイチャついているか!?』

「イチャついてはいないが……」

才人《さいと》は否定するものの、今まさにしている。二人の時間を邪魔された朱音《あかね》が、膨れっ面で才人の胸をつついている。

すべてを見透かしたように笑う天竜《てんりゅう》。

『そうかそうか！　まあいい！　今日の放課後、お前たちに話がある。迎えの車を寄越《よこ》すから、嫁と一緒に来い』

「どこにだ？」

『お前たちが最初に見合いをした料亭だ。すべてが始まったあそこほど、この話をするにふさわしい場所はあるまい』

一方的に告げてから、天竜は電話を切る。

あいかわらずの傍若無人っぷりだ。才人たちが抵抗しても、どうせ本家の使用人たちに連れ去られるに決まっている。

「聞こえたか？」

才人は朱音に尋ねた。

「ええ、声が大きかったから。なんの用事かしら……？」

「なんだろうな……？」

二人は顔を見合わせて首を傾《かし》げた。

才人と朱音がリムジンで連れて行かれたのは、山奥の料亭だった。

美しい日本庭園に囲まれた、優雅なたたずまいの料亭。玄関先には赤い布に覆われた長椅子が置かれ、和傘がひさし代わりに差しかけられている。

結婚を強制された日、この椅子に朱音と座って言い争っていたのが懐かしい。あのときは一人でリムジンに乗ってきたけれど、今は二人。一年と経《た》っていないはずなのに、長い時を過ごした気がしてしまう。それぐらい、夫婦の時間は濃密だった。

着物の仲居に案内され、才人と朱音は料亭の廊下を歩いた。

離れの個室に入ると、中にいたのは天竜と千代《ちよ》。

その真ん中に座っていたのは、真帆《まほ》だった。薄桃色の着物を瀟洒《しょうしゃ》にまとい、髪を結って花びらのかんざしでまとめている。

「やっと来たね」

満開の桜のように美しく、真帆が微笑《ほほえ》む。普段のふざけた姿とは違い、匂い立つような乙女の貫禄《かんろく》である。

「真帆……？」

「どうしてここに……？」

才人《さいと》と朱音《あかね》は訝《いぶか》しむ。

「とにかく座れ」

天竜《てんりゅう》から促され、入り口に近い席に隣り合って座る。才人たちの様子を、千代《ちよ》は静かに見守っている。

妙な空気だった。真帆《まほ》がいるのも妙だが、こんな場所にわざわざ呼び出されるのも奇妙だ。話があるなら、電話で済ませた方が早いのに。

天竜が才人と朱音の顔に視線を巡らせる。

「お前たちを結婚させてから、しばらく経《た》つな。どうだ？　お互い結婚生活を通して、愛を育むことはできたか？」

千代も問いかける。

「才人さんと愛し合っているかしら？　そろそろ子供ができてもおかしくない頃よねえ。夫婦なんだもの」

朱音は頬《ほお》を燃やした。

「そ、そんなことするわけないわ！　才人のことなんて好きじゃないしっ！　大嫌いだしっ！　ね、才人!?」

「あ、ああ！　俺たちは天敵だからな！　今もケンカ三昧だ！」

才人は全身が熱くなるのを感じる。

今朝のことを思い出すと、どの口が言っているのかと自分に呆《あき》れるが、祖父たちを前にしてまともに認めるのは恥ずかしすぎる。

「そうかそうか、それは良かった」

「ちょうど良かったわねえ」

天竜《てんりゅう》と千代《ちよ》が笑った。

「ちょうど良かったって、なにが……？」

不思議そうに尋ねる朱音《あかね》。

天竜が告げる。

「二人とも、犬猿の仲だというのに四六時中の共同生活、今までご苦労だったな。今日限りでこの結婚は解消し、才人《さいと》には真帆《まほ》と結婚してもらう」

座敷が静まりかえった。

「え……？　ど、どういうこと……？」

朱音は血の気を失った顔で困惑している。

「急になんの冗談だ……？」

才人は天竜を睨《にら》み据《す》えた。

「安心しろ、冗談ではない。真面目な話だ」

「無理やり結婚させたり、無理やり別れろと言ったり、無茶苦茶《むちゃくちゃ》すぎる。俺たちはじーさんの玩具《おもちゃ》じゃないんだ」

「玩具だとは思っておらんさ。北条《ほうじょう》家の次期当主の縁組なのだから、慎重を期す必要があるのだ」

「じーさんたちの初恋を成就させたいだけだろ」

天竜が失笑する。

「今まで本当にそれだけだと思い込んでいたのなら、お前たちは大馬鹿者だ。裏の裏まで読めない人間は、この世界で成功することはできん」

千代が語る。

「天竜さんと私は、才人さんと朱音の夫婦生活をしっかり観察させてもらいました。夫婦として仲良くやっていけるか」

「そして、北条家を委ねるに値する二人になれるか、だ。残念ながら朱音さん、あんたは北条家の嫁としてはふさわしくない」

「え……」

凍りつく朱音。

「あんたが人間として駄目だと言っているわけではない。むしろ逆、真《ま》っ直《す》ぐすぎるのだ。北条一族や政財官の魑魅魍魎《ちみもうりょう》を操る能力にかけて、真帆《まほ》は天与の才を持っている。北条家を守るには、お人好《ひとよ》しの善人よりも、策略に長《た》けた悪人の方がふさわしい」

「悪人だなんて、ひどいなぁ」

真帆《まほ》は小さく笑った。

「それに、真帆は器用な子だから、才人《さいと》さんとぶつからずに家を管理して、しっかり内助の功を果たせるわ。こう見えて健気《けなげ》な子だし、才人さんに尽くす覚悟はできている。そうよね、真帆？」

千代《ちよ》が確かめると、真帆はうなずいた。

「うん。アタシはおねーちゃんと違って、家でケンカなんてしない。どんなことがあっても笑顔にしてあげる自信があるよ」

「朱音《あかね》さんにはこちらから損害賠償として、好きなメディカルスクールへの留学枠を用意する。受験は不要、現地の生活を楽しむための屋敷と遊興費も提供する。卒業後は、北条《ほうじょう》グループの系列病院で、最高の出世コースを歩めるよう手配しよう」

「私は……そういうのが欲しいわけじゃ……！」

朱音は唇を噛《か》み締《し》める。

才人は肩を怒らせて席を立つ。

「今更すぎる！　これ以上、じーさんたちのワガママに付き合っていられるか！」

「どうした？　お前らしくもないな。長く暮らしているうちに、情でも湧いたか？」

からかうように天竜《てんりゅう》が尋ねる。

「そうではないが……」

才人は耳が焼けるのを感じた。

「以前、お前は言ったな。『家族だって、いくらでも交換できる汎用的なパーツだ』と。であれば、愛する相手が変わったとて、特に問題はあるまい？」

「くっ……」

確かに言った。当時その言葉は、才人にとって強固な真実だった。実の両親のことでさえ、いつ死んでも構わない、むしろ死んでほしいと願っていた。

「逆らうのなら、才人に当主を継がせる話も無しだ。北条グループは、遠縁の人間に継がせることになる」

「そんな……！」

目を見開く朱音。

かつて二人に決断を迫ったときのように、天竜が傲然と宣告する。

「お前たちには選択の権利がある。そして、ワシにも後継者を選択する権利がある。これは五分の取引だ。お前たちの好きな未来を、自由に選ぶがいい」

千代が真帆の肩に触れる。

「ほら、才人さんにご挨拶なさい」

真帆は上品に手を重ね、桜のかんざしを揺らしながら、しとやかにお辞儀する。大きな瞳が、揺るぎなく才人《さいと》を見つめている。

「才人さん。アタシなら、あなたを本当に幸せにしてあげることができます。長い人生を振り返って、真帆《まほ》を選んでよかったと思ってもらえると、約束します」


「真帆！　待って、真帆！」

料亭の庭園で、朱音《あかね》は真帆を追いかけた。

真帆は板に付いた着物姿で、小川の飛び石を歩いているところだった。振り向きざまによろけるが、下駄《げた》の歯でバランスを取って朱音の方を見やる。

「どうしたの、おねーちゃん？」

「なんで、こんなことしてるの？　いつもの悪ふざけなら、もうやめて！」

「悪ふざけ……？」

肩をすくめる真帆。

「そんなわけないでしょ。アタシはおにーちゃんと、ううん、さーくんと本気で結婚するつもりだよ」

「どうして……」

「ずっと言ってたじゃん、アタシもさーくんのこと好きだって」

「でも、それは……、冗談だと思って……」

「おねーちゃんってさ、全然周りが見えてないよね♪」

にこっと真帆が笑った。普段のごとく明るいけれど、毒の針を込めた笑み。

「えっ……」

生まれて初めて妹から敵意を向けられ、朱音は怯《ひる》む。

「アタシは可愛《かわい》い女の子みんな好きだし、自分からベタベタするけど、さーくん以外の男にくっついたことは一度もないよ。前に、おねーちゃんの代わりに結婚しようかって言ったときも、嫌いなタイプならさすがに言えなかったよ」

「本当に……好きなの……？　結婚したいと思うくらい……？」

「本当だよ。好きじゃなかったら、毎日さーくんに抱きついたり、さーくんのお風呂に忍び込んだり、さーくんにキスしたりなんかしないよ」

「お、お風呂……？　キス……？」

情報量が多すぎて、頭がついていかない。いつの間に、才人と真帆はそこまで親密になってしまっていたのだろうか。

「もちろん、アタシからしたんだけどね。さーくんは真面目だから、浮気なんてしないし。そういうところも好き」

才人が残っている座敷の方を、真帆はうっとりと眺める。

頬《ほお》を上気させた妹の姿は、完全に恋する少女で。なぜ自分は見過ごしてしまっていたのだろうと、朱音《あかね》は悔いる。

けれど、引き下がるわけにはいかない。

「い、今更……卑怯《ひきょう》よ」

「卑怯？」

真帆《まほ》は目を瞬《まばた》いた。

「私に気付かせないまま、こんなところまで話を進めるなんて」

「気付かなかったのは、おねーちゃんが鈍かったせいだよね？」

「で、でもっ、私になんの相談もなしに、おばあちゃんたちに根回しするなんて」

朱音は必死に訴える。

「根回しは政治の基本だよ、おねーちゃん。大事なのは、物事のパワーバランスを見極めて、その場で発言力が強かったり、決裁権を持っている人を味方につけること。それくらいも分からないの？」

真帆はクスクスと、魔女のように嗤《わら》った。着物の襟から伸びた首筋が、艶《あで》やかに生白い。病的なまでの細さが、淫靡《いんび》な空気を漂わせている。

「あなた……誰……？」

後じさる朱音。

　これは自分の知っている妹ではない。人懐っこい子狐《こぎつね》のような無邪気さも、思わず抱き締めたくなる愛らしさもない。

　困惑する朱音に、真帆が顔を寄せる。

　妹ではなく、女の眼《め》をして、愉《たの》しそうに告げる。

「これがアタシだよ。桜森《さくらもり》真帆、あなたの妹。ずっと一緒にいたのに、本性が分からなかったんだね。だからおねーちゃんは、次期当主の嫁にふさわしくないんだよ」

「…………っ」

　朱音は奥歯を噛《か》み締《し》めた。


　帰りの車内、朱音は放心状態でリムジンの座席に身を預けていた。

　流れゆく車窓の景色が、少しも頭に入ってこない。無力感と徒労感が全身を支配していて、息をすることさえ疲れ果ててしまう。

　運命は、この世界は、あまりにも理不尽すぎる。

　富と力を持つ祖父母に、望まぬ結婚を強いられて、順応しようと必死に頑張ったのに。

　何度も才人《さいと》と傷付け合いながらも、互いを知り、歩み寄って、ようやく本物の夫婦に近づけたと思っていたのに。

二人の幸せは、それを強制したのと同じ者たちによって、呆気《あっけ》なく握り潰された。すべての努力が無駄になり、すべての思い出が足蹴にされた。

朱音《あかね》が隣を見やると、才人《さいと》はスマートフォンで写真を眺めていた。真っ黒な背景に、散らされた塵《ちり》のような白。

「それって……」

「この前、山で流星群を見たときの写真だ」

「あんなに綺麗《きれい》だったのに、ぼんやりとしか写っていないわね……」

「スマホのカメラの限界だろうな。まあ、俺は覚えているからいいけど」

才人は力なく笑って、スマートフォンをポケットにしまい込む。

宇宙。彼の切なる夢。帰る実家もない才人が、還《かえ》りたいと願っている場所。幼い頃からの悲願を、諦めきれるわけがない。

「あんた……どうするの？」

朱音はためらいながら訊《き》いた。

「どうするって、なにが？」

「私と別れて、真帆《まほ》と結婚するって話よ」

「ああ……うん。急すぎてな。まだ、どう考えたらいいのか分からない」

「そうよね……」

才人は朱音の手を握る。

「俺は朱音が好きだ。それだけは間違いない」

「……ありがとう」

こんなに夢と恋のあいだで板挟みになっているのに、朱音の気持ちを思いやってくれる彼の優しさが嬉《うれ》しくて……胸が痛い。彼が無理をしているのが、触れた手の平から伝わってきて、朱音は手をきつく握り返す。

彼を好きになったのが、間違いだったのだろうか。それとも、朱音を好きにさせてしまったのが？　初めから出逢《であ》うべきではなかったのだろうか。

「ごめんね……才人」

「どうして謝る？」

「私がいなければ、こんなことにはならなかったから」

「お前がいないのは……嫌だ」

「私だって才人がいないのは嫌。でも……」

片想《かたおも》いの苦しさは、嫌というほど味わった。だけど、両想いになってまで、まだ苦しまなければいけないなんて。人を愛するのは、苦痛の始まりなのだろうか。

どうすれば良いのか、分からない。

なにも分かるはずもなく、朱音は軋《きし》む胸を抱えて才人に肩を寄せていた。

糸青《しせい》の部屋で、才人《さいと》はベッドに横たわっていた。

屋敷のディナーにお呼ばれしたものの、妹と遊ぶ気力も、階下に降りて叔母と話す体力もない。ただ、ベッドの天蓋を見上げ、祖父の要求について考えていた。

「兄《あに》くん、元気ない」

糸青がベッドに座って才人の肩をつつく。

「……まあな」

「なにがあったの。シセに洗いざらい吐き出すといい。兄くんが出したモノなら、シセはなんでも呑《の》み込《こ》める」

「怖いこと言うな」

「怖くない。それぐらい、シセは兄くんを受け入れられるってこと」

才人のお腹《なか》の上に寝そべる糸青。人間が寝ているときにクッション代わりに使ってくる猫のようだ。

「じーさんから、朱音《あかね》と離婚して真帆《まほ》と結婚しろと言われたんだ。さもなくば、北条《ほうじょう》グループの跡は継がせないと」

「じーじ、ワガママすぎ」

「いつものじーさんのような気もするが……まさか今になってこんな要求をしてくるとは予想しなかった」

傍若無人でも行動に一貫性があるのが、北条天竜《てんりゅう》という男だ。まだ祖父のことを充分に理解できていなかったのだと才人は痛感する。

糸青が告げる。

「真帆は悪い子じゃない」

「それは知っている」

姉のことを誰よりも想《おも》っているのが、真帆という少女だ。

「性格も、真帆は朱音より兄くんと似ている」

「それも知っている……」

「じゃあ、どうして悩むの？」

「昔だったら……悩まなかっただろうな」

結婚する前、朱音と学校でケンカばかりしていた頃なら。

まだ朱音の良いところには気付きもせず、朱音に心を救われることも、想いを繋《つな》ぎ合《あ》わせることもなかった頃。

「兄くんの夢は、朱音との関係より長い。ずっとずっと昔から、兄くんは星の向こうに往《い》きたいと願っていた」

「それは……そうだが」

才人《さいと》はベッドの上で身を起こす。

「朱音《あかね》との結婚生活は、始まってから一年も経《た》っていない。たった一年のために、兄《あに》くんは自分の夢を捨てるの？　兄くんの夢は、そんな軽いものだったの？」

「軽くはない！　だからこそ判断に困っているんだ！」

主張する才人の膝に、糸青《しせい》が乗る。

才人の頬《ほお》を抱え、間近から覗《のぞ》き込《こ》む。

「私は……そんなことのために自分の気持ちを我慢して、才人を応援してきたの？」

「シセ……？」

いつも感情を映さない青い瞳が、怒りに燃えている。人形のように真っ白な頬が赤々と燃え、小さな唇がきつく結ばれている。普段とは明らかに様子が違う。

「才人がどちらを選ぼうと、私は才人を応援する。あなたが幸せになってくれるなら、他のことはすべてどうでもいい。でも、幸せを放り捨てることだけは許さない。絶対に、許さない。ずっと苦しんできたんだから、あなたは幸せにならなきゃいけない！」

糸青が才人に額をぶつけてくる。日頃の戯れとは違い、怒りの乗った激突。額を押さえる才人に糸青が飛びつき、二人して倒れ込む。

糸青が長い銀髪を垂らし、才人に覆《おお》い被《かぶ》さる。氷の女神のように美しい瞳が、才人を冷たく見下ろしている。

「朱音はあなたに愛を教えてくれた、それは事実。でも、今のあなたは、朱音がいなくても人を愛していける。真帆《まほ》だろうと、他のどの女だろうと大事にできる。だから、もし朱音に同情してしまっているのなら、今だけ昔の冷酷なあなたに戻って」

「冷酷ではなかったと思うが」

才人の唇に、糸青が人差し指を当てる。才人が聞いたこともない大人びた声で、淡々と告げる。

「あなたは冷酷だった。心の底から冷え切っていた。そんなあなたが大好きだった。けれど不幸なあなたを見ていられなくて、私は朱音にあなたを譲った。すべてはあなたの幸せのため」

才人にしがみつく糸青。すすり泣くように訴える。

「愛する才人、最愛の才人。間違えないで。自分のことだけを考えて、自分が幸せになれる選択をして。これ以上……苦しまないで。お願い……お願い……」

「俺の……幸せは……」

才人は糸青の頭を撫《な》でながら、かすれた声でつぶやいた。

夕食後のリビング。才人《さいと》はソファに腰掛けて本を開き、朱音《あかね》は紅茶をすすっている。

いつものような団欒《だんらん》の時間。

けれど、いつも通りではない。リビングは重苦しい沈黙に満たされている。才人が本のページをめくる手も鈍く、文字列の上を目が滑る。

気詰まりな空気に堪えられなくなってテレビをつけると、宇宙関連の番組が流れていた。恒星間宇宙船と惑星の環境構築についての話。よりにもよってタイミングが悪い。

才人はすぐにテレビを消した。

朱音はじっと才人を見つめている。

「……才人。話があるの」

「……なんの話だ？」

愚問なのは才人も分かっている。逃げるわけにはいかないということも。

「そろそろ決めないといけないわ。才人のおじーさん、明後日《あさって》には結論を出せって言っていたでしょう」

「……ああ」

朱音は隣に寄り添って座り、才人の手を取る。

「私たち、出逢《であ》ってからいろいろあったわよね。学校であんたとケンカする度にイライラさせられたけど、それも楽しかった。結婚してからもケンカ続きだったけど、二人で暮らすのはちょっとドキドキもした」

朱音は気恥ずかしそうに笑う。

「知ってる？ 私、あんたの出てくるえっちな夢を見ちゃって、飛び起きて転げ回っていたこともあったのよ？」

「なぜ……今その話をする……？」

悟りきったような朱音の態度が気に入らない。

まるで、すべてを諦めているかのようで。

「才人との生活、すっごく楽しかったわ。私は絶対に忘れない。あんたは？」

「俺は忘れることができない」

朱音は胸に手を当てて目を閉じる。

「そうよね。才人も私も忘れない。二人が過ごしたこの時間は、永遠に残る。だから……いいの」

「いいって、なにがだ」

心臓が痛い。

「昔のあんたは生活能力も思いやりもなくて、ダメダメだったけど、今は違う。才人なら、もう大丈夫。私がいなくても、幸せに暮らせる。だってあんたの周りには、あんたを愛してくれる人がたくさんいるんだから」

かつての朱音《あかね》からは想像できないほどの、素直な言葉。だからこそ才人《さいと》の奥深くに突き刺さって、傷を広げていく。

才人は奥歯を噛《か》んだ。

「そんな簡単に別れられるのか。じーさんに命令されたからって、俺たちのあいだになにもなかったことになるのか。お前にとって俺は、その程度の存在なのか」

「簡単じゃないわよ！」

「……っ！」

朱音が悲鳴のように叫び、才人は気圧《けお》される。

「考えて考えて、悩んで悩んで悩んで、こうするしかないと思ったの！　才人の重荷にはなりたくないから！」

「重荷じゃない！」

「重荷よ！　結局、私たちは住む世界が違ったのよ！　あんたは北条家《ほうじょう》の御曹司《おんぞうし》で、私は庶民の女の子。頑張れば勉強はできても、生まれながらの天才には勝てない。釣り合わないっていうのは、最初から分かっていたはずなのに……」

朱音の双眸《そうぼう》から、滴が溢《あふ》れる。二人の重ねている手に落ちる。

「聞いてくれ、朱音。俺の気持ちは……」

「聞かない。なにも聞かない。私の決心を壊されたくないから」

「そう、私は頑固なの。ワガママなの。そして、誰よりも才人《さいと》の幸せを願っているの」

ふわりと、朱音《あかね》の髪がなびいた。

真紅の唇が艶《つや》めいて、才人の唇を捕らえる。甘い感触が唇を通して脳髄を浸食し、全身を痺《しび》れさせる。

真っ赤に燃えた朱音の頬《ほお》。耳たぶまで赤い。

愛くるしいまつげが緊張に震え、頬の滴がきらめいている。

華奢《きやしや》な体から伝わってくる、激情の熱。

その鼓動は、倒れてしまわないかと心配になるほど速い。

才人は、本能的に朱音を抱き締めた。朱音の喉から、上ずった声が漏れる。朱音もまた、才人に腕を回して抱き締め返す。

体を重ねているだけで、才人はこうするために生まれてきたのだと感じた。

朱音の匂いに包まれているだけで、いつまでもこうしていたいと感じた。

それなのに……朱音は才人から体を離す。唇を離す。手を離す。

涙を拭いもせず、女神のように優しく微笑《ほほえ》む。

「大好きよ、才人。だから、あなたの夢を応援するわ」

「頑固すぎる！」

こんな哀《かな》しい愛の言葉なんて、才人は聞きたくなかった。

愛と拒絶を同時に告げた朱音に返す言葉を持たず、彼女の想《おも》いに押し潰されそうになって、才人は家を出る。

独りで歩く夜道は、薄ら寒かった。

自分もその一部になれたと思っていた家々の灯《あか》りが、今日は遠い。住民たちの楽しそうな声が、針となって鼓膜を刺し貫く。

住宅街に響くのは、才人の虚《むな》しい靴音。

空っぽの心臓に隙間風が入って、じくじくと痛む。

空っぽなのは、この頭も同じだ。幼い頃から成績は良かったが、それは機械的に問題を解いているだけで、満たされたことはなかった。

悪寒に駆り立てられるようにして、才人は天に手を伸ばす。

背伸びしても、遥《はる》か彼方《かなた》の星々には届かない。天上の光輝は、意地悪く才人を見下ろしている。

かつて、あれほど恋い焦がれた星空が、今日は少しも美しく見えなかった。雲がかかっているわけでもないのに、朧《おぼろ》に淀《よど》んでいる。

思い出すのは、朱音と一緒に見た流星群。目の前の星空より、あのときの星空の方が、もっと鮮やかに輝いている。

「どうして……あんなに綺麗《きれい》だったんだろうな……」

才人《さいと》は独りつぶやく。

きっと朱音《あかね》なら知っている、この答え。

けれど、隣に朱音はいない。


才人と朱音が最初に出会った別荘に、大勢の客が集まっている。高級車が玄関の前に停《と》まっては、着飾った社長連中が降りてくる。

今日は北条《ほうじょう》一族に、次期当主とその妻をお披露目《ひろめ》するパーティだった。まだ結婚式は先だが、まずは正式に周知して呑《の》み込ませておこうとの段取りである。

北条グループの血は広く、本家の後継者に謁見するため、日本中から有力者たちが押し寄せていた。

一族の社長たちだけではなく、糸青《しせい》や陽鞠《ひまり》も呼ばれている。天竜《てんりゅう》は朱音も呼んだようだが、会場に朱音の姿はなかった。

裏手の控え室で、才人は椅子に座って開会を待つ。ただでさえ憂鬱なパーティで、一族の社長たちと話す時間はなるべく減らしたかった。

「お待たせ、さーくん」

華やいだ靴音を鳴らし、真帆《まほ》が控え室に入ってきた。

花のレースがあしらわれた、清楚可憐《せいそかれん》なドレス。細い首を彩るのは、真珠のネックレス。長く美しい髪を二筋、三つ編みに結って後ろで結んでいる。

才人は真帆のドレスに見覚えがあった。

「そのドレス……」

「あ、分かった？　卒業記念パーティのときに、おねーちゃんが着ていたドレスだよ。おばーちゃんから聞いて仕立ててもらったの。アタシ、おねーちゃんにそっくりでしょ？」

真帆は両腕を上げて、才人の前でくるりと体を回してみせる。ドレスの裾が花の輪舞のように優雅に回る。

「確かに……そっくりだ」

双子と言われても違和感がないくらいに。才人の幻想の中に存在する『初恋のあの子』は、成長したらこんな姿になるのだろう。

「えへへ。さーくんが喜ぶかと思って。見た目はおねーちゃんにそっくりだし、性格はアタシの方が相性いいし、さーくんがおねーちゃんを選ぶ理由はないよね？　アタシのこと、おねーちゃんだと思って愛してくれてもイイよ？」

真帆は才人の脚に膝を乗せ、才人の顎を人差し指で持ち上げて、妖しく微笑《ほほえ》む。蠱惑的《こわくてき》な香水の香りが、少女の真っ白な素肌から漂ってくる。

「朱音《あかね》はそんな笑い方はしない」

「そうかな？　じゃあ、もっと『朱音』になれるよう練習するね」

真帆《まほ》は自分の顔に手の平で触れて、表情を作っていく。悪戯《いたずら》っぽさや朗らかさを消し、理性と勝ち気な性格を滲《にじ》ませる。

才人《さいと》は真帆の手を掴《つか》んで止めた。

「お前は他の誰にもなる必要はない。真帆は真帆でいい」

「でも、さーくんは嬉《うれ》しいでしょ？」

「嬉しくない」

「遠慮しなくていいのに」

頰《ほお》を膨らませる真帆。

「本当に……これで良かったのか？」

真帆に尋ねることではないとは分かっていながらも、才人は問いかけてしまう。

愛なんて、ドーパミンやオキシトシンなどの脳内分泌物質が見せる、くだらない幻想だ。相手が変わろうと、同じ物質を分泌できれば同じ効果は得られる。充分に生活の質や幸福度を向上させられるから、家族だって交換可能な汎用パーツだ。愛は代用できるのだ。

逆に、北条《ほうじょう》家の後継者としての立場は他で代用できない。これだけの財力と影響力を持った組織を手に入れるのは、他の方法では不可能だ。

だから、朱音を諦めて次期当主の座を選ぶのは、完璧に合理的な選択である。

北条家始まって以来の天才と呼ばれる頭脳は、そう計算しているのに。

どうしても、心が納得してくれない。

「迷わなくていいよ。アタシが、おねーちゃんのことなんて忘れさせてあげるから」

真帆が才人に唇を重ねる。

「……っ！」

目を見開く才人。

年下の少女の瞳が、不思議な光を灯《とも》して才人の奥底を覗《のぞ》き込《こ》んでいる。真帆は戯れるように才人の唇を食《は》んでから、甘くささやく。

「どう？　気持ちいいでしょ？　忘れられそう？」

「俺はなにも忘れられない」

「そうだったね。じゃあ、思い出を塗り潰してあげる。思春期の、ちょっとした寄り道。おねーちゃんとの生活も楽しかったねって、後から笑えるようなエピソードになるよ」

「多分……笑えない」

朱音との生活は、あまりにも色鮮やかで。

どんなに上書きしても褪《あ》せない跡を、才人の心臓に刻んでしまっている。

「いいなぁ……うん、好き。それでこそ、アタシたちのさーくんだよ」

真帆《まほ》は楽しそうに笑った。腰の後ろに腕を組み、才人《さいと》から離れる。

「いいって、なにがだ……?」

「素敵なさーくんに、ご褒美です♥　さっきからおねーちゃん、ずっと覗《のぞ》いてるよ。変態さんだよね♪」

「!?」

才人が振り返ると、朱音《あかね》が控え室の外に立っていた。

今にも泣き出しそうな顔。肌は血の気を失い、双眸《そうぼう》には諦観が漂っている。抱えている花束は、祝いの品だろうか、きつく抱き締めているせいで、包装は皺《しわ》だらけだ。

才人に気付かれたと知るや、朱音はすぐにその場から逃げ出す。

落ちる花束。花びらと共に散る涙。

弱々しい背中が、さらに小さく、遠くなっていく。

才人の手が決して届かない、遠くへ。

星々より眩《まばゆ》いあの輝きが、去っていく。

もう手に入らない。戻らない。あの燃え盛る炎が。

胸が空虚に満たされていく。足下が深淵《しんえん》に呑《の》まれていく。

「ああ……そうか……」

才人は目を手で覆ってつぶやいた。

自分が本当に欲しかったのは、夢じゃない。

自分が夢見ていたのは、星々ではない。

なによりも切望していたのは……。


「……ごめん」

才人は真帆に告げた。

それですべてを察したように、真帆が肩をすくめた。

「いいよ。行って」

「必ず埋め合わせはする」

「大丈夫。……アタシ、体弱いからさ。結婚してさーくんのこと夢中にさせちゃったら、アタシが先に死んだとき、さーくん泣いちゃうでしょ？」

悪戯《いたずら》っぽく笑う真帆《まほ》。こんなときまで冗談を忘れないのは、真帆なりの気遣いだろうか。

「お前はいい女だよ」

「とーぜん。おねーちゃんの妹だからね！」

お洒落《しやれ》な靴で、真帆は才人《さいと》の背中を思い切り蹴り飛ばした。

すっ転びそうになる才人だが、その勢いに任せて控え室を飛び出す。

豪勢な衣装を着た社長連中のあいだを駆け抜け、パーティ会場の大広間に突っ込む。急いで周囲を見回すが、朱音《あかね》の姿は見つからない。

陽鞠《ひまり》が才人に歩み寄ってくる。

「才人くん、朱音とかくれんぼしてるの？」

「かくれんぼ……というよりは鬼ごっこだな。朱音を見なかったか？」

「どうするつもり？　私の親友を泣かせたら許さないからね？」

「絶対に泣かせない。俺はアイツの笑顔が好きだから」

それだけは間違いなく言える。

「だったら、任せた！　朱音はそこに隠れてるよ！」

「きゃー!?　裏切り者っ！」

陽鞠が指差したテーブルクロスの下から、朱音が飛び出す。

「待て！」

才人は呼び止めるが、朱音は止まらない。招待客たちのあいだをかいくぐり、野良猫のように大広間から逃げ出していく。

「おい才人！　なにを血迷っている！」

天竜《てんりゅう》の怒声が響いた。

黒いスーツをまとった使用人たちが才人に突進してくる。いずれもボディガード役だから体格が良く、特殊警棒を構えている者もいる。

経済界で絶対的な権力を持つ天竜に逆らうのは、非合理的なことだ。天竜に睨《にら》まれれば、独自に事業を成立させることさえ困難になる。

だが。

「合理なんて、クソ喰《く》らえだ！」

才人は叫んで、ボディガードの使用人たちに向かって突っ走った。掴《つか》みかかってくるボディガードの手を振り払い、組み付いてくる使用人たちの中から抜け出す。

バカなことをやっているのは分かっている。

取り返しのつかない道を走っているのも分かっている。

でも、好きになってしまった女の子のため、一生に一度くらいバカになってもいいじゃないか。きっと人生、そっちの方が楽しい。

才人は別荘から飛び出し、木々のあいだを走った。また朱音の姿を見失ってしまっている。茂みが多くて視界が悪く、どこに隠れているのか分からない。

才人《さいと》のスマートフォンから着信音が流れた。糸青《しせい》からの電話だ。才人は走りながら電話に出る。

「なんだ!?　今めちゃくちゃ忙しいんだが!?」

『朱音《あかね》の居場所が分からないなら、シセが教えてあげる』

「どうして知ってるんだ!?」

『北条《ほうじょう》グループの狙撃班が追跡している。狙撃班は既にシセの配下にあるから。ナビアプリと座標を送る』

数秒と経《た》たず、才人のスマートフォンにナビアプリが勝手にインストールされ、朱音の座標が赤い点滅で表示される。いつの間に才人のスマートフォンを糸青が遠隔操作できるようになっていたのかは不明だ。

「お前だけは敵に回しちゃいけないって、よく分かったよ」

『分かればいい。兄《あに》くんもシセが支配する』

「勘弁してくれ」

『ふぁいと。やっと見つけた大事なモノなんでしょ?』

「……ああ!」

才人はスマートフォンを片手に、下り坂を駆け下りる。

森を抜け、山中の車道に出る。全力で走っているはずなのに、朱音との距離はどんどん開いていく。このままでは追いつけない。朱音に想《おも》いを叩《たた》きつけることもできない。

「さすが暴走ドラゴンだよ！」

歯ぎしりする才人の前に、轟音《ごうおん》を響かせてリムジンが急停車した。

窓が開き、運転席の留衣《るい》が澄ました顔で告げる。

「のろまな童貞ですね。ちょうど同じ方向に用事がありますから、お乗りになったらよろしいのでは？」

「助かる！」

才人は車内に飛び込んだ。

すぐさま留衣はアクセルを踏み込む。勢いで車内を転がる才人。

「ちゃんと座ってからにしてくれ！」

「注文がうるさいですよ、才人様。これだから嫁に逃げられるのです。哀れな男ですね」

憎まれ口を叩く留衣だが、ミラーに映る彼女の口元はうっすらと笑んでいる。なんのかんのと応援してくれているのは才人も分かる。

誰もが才人と朱音の幸せを願って、力を貸してくれているのだ。こんなこと、以前はなかった。実家でカップ麺をすすりながら、安らかな孤独に浸っていた頃には。

カーナビの画面には、朱音の位置を示す光が点滅していた。山中の車道は曲がりくねっているが、朱音《あかね》が走っている歩行者の登山道は直線になっているらしく、距離がなかなか縮まらない。

留衣《るい》は脅威の運転技術でリムジンをドリフトさせ、車道を疾走する。大きな車なのに、車体が木肌を擦《こす》ることもない。

「このままだと追いつけませんね。ショートカットします」

「ちょっ……」

才人《さいと》が止める暇もない。

リムジンが崖から跳躍し、宙をゆっくりと飛翔《ひしょう》する。ドアミラーが梢《こずえ》をかすめる。運転席の留衣の髪が虚空に浮き上がる。

衝撃と共に、リムジンが崖下の車道に叩《たた》きつけられた。

リムジンの前に、朱音がぎょっとして立っている。愛らしい頬《ほお》を上気させ、今にも倒れそうなほど激しく息を切らしている。

「朱音！」

才人は車から飛び出した。

「来ないで！　来たら崖から飛び降りるわ！」

後じさる朱音。かかとが崖の縁を踏んでいる。暴走したら歯止めが利《き》かない朱音のこと、本当に飛び降りてしまいそうで恐ろしい。

「俺のこと、そんなに嫌いか」

才人が問いかけると、朱音は顔をくしゃくしゃに歪《ゆが》める。双眸《そうぼう》から涙が溢《あふ》れ出《だ》す。

朱音は拳を握り締め、吐き出すように叫ぶ。

「好きだけど！　好きだから、あんたのために諦めるしかないの！　あんたの幸せがなによりも大事なの！　あんたが悲しそうにしているだけで、胸が張り裂けそうになるの！　私が地獄に堕《お》ちたって、あんたにだけは笑っていてほしいの！」

「お前は……本当に……」

暴風のような愛が、朱音を蝕《むしば》んで壊している。誰も気付いていない猛毒。

己を疎む才人とは違って、朱音は決して自身の価値を軽んじているわけではない。愛が強すぎるから、自分を燃やし尽くしても愛そうとしてしまうのだ。

才人は朱音を睨《にら》み据《す》えた。

「そんなめちゃくちゃな愛、俺は要らない」

「えっ……」

怯《おび》えを覗《のぞ》かせる朱音。

才人は一歩、朱音に歩み寄る。

「俺は……、このクソ以下の世界から、ずっと消えたいと思っていた。世界中のクソ共が大嫌いだった。だけど死ぬのは負けみたいで悔しくて、だから地球から消えたいと願った。

誰もいない星に行けば、独りで楽しく暮らせると信じていた」

「それが才人《さいと》の夢なんでしょ!? 才人の幸せなんでしょ!? だったら叶《かな》えないと! 私が邪魔するわけには……っ!?」

朱音《あかね》がバランスを崩して崖から落ちそうになる。

考えるより先に才人の体が動く。朱音に向かって疾駆し、朱音の体を抱き寄せる。目を丸くして縮こまる朱音に、声をからして語りかける。

「今は、お前がいる! お前は生きることの楽しさを教えてくれた! 他人を知ることの面白さを教えてくれた! 歩み寄ることの嬉《うれ》しさを教えてくれた!」

「私が教えたわけじゃないわ。才人は賢いから、誰と結婚しても自分で覚えたはずよ」

「いいや、お前じゃなきゃダメだ」

才人は自らの想《おも》いを朱音に突きつける。

逃がすわけにはいかない、離すわけにはいかない。素直な言葉を口にするのは才人も苦手だけれど、今だけは恥を捨てて勝負するときだ。

「どうして……」

「お前みたいにめちゃくちゃなヤツだから、俺は歩み寄るしかなかった。お前みたいにしつこくケンカを売ってくるヤツだから、俺は他人に執着する喜びを知った。お前の情熱的すぎる感情を観察して、俺は人間の感情を理解した。自分の中にも、そんな感情があることを知った。お前が、教えてくれたんだ」

朱音は視線を泳がせる。

「そ、そうだとしても……もう用済みでしょ。さっさと捨てて、夢を叶えればいいじゃない。あんたは合理主義者でしょ」

「夢が叶っても、祝福してくれる朱音が隣にいなければ、虚《むな》しいだけだ。たとえ夢が叶わずとも、俺はお前のそばにいたい。今の俺の居場所は、遠い星空ではなくて、お前の隣。これが――俺の幸せだ」

才人は確信を持って言い切る。

「な、なによ……才人のくせに……。そんなこと言われたって、私は負けないんだから……」

朱音は才人を押《お》し退《の》けるようにして、腕の中から抜け出す。だが押し退ける力は弱々しい。朱音は震えながら才人を見上げている。

「もう一度、結婚してくれ。俺はお前と、本当の夫婦になりたい」

才人は地面に片膝を突いて、朱音に手を差し出した。

臆病だったせいで、以前はできなかったプロポーズ。今も拒絶されるのは怖いけれど、彼女を失う恐怖ほどではない。

「本当の……夫婦……」

朱音《あかね》の瞳から、涙が溢《あふ》れる。次から次へとこぼれ、愛くるしい頬《ほお》を伝っていく。光る滴が、木漏れ日を映している。

これほど美しいものが世界にあるだろうかと、才人《さいと》は感じた。遠い星空のきらめきよりも、愛する少女の魂の輝きの方が、何億倍も美しい。

朱音は消え入りそうな声で、恐る恐る話す。

「わ、私……、すぐ怒っちゃうし、すぐ暴走しちゃうし、すぐムキになっちゃうし、あんたがいないと寂しくて仕方ないし、他の女子と仲良くしてたら妬《や》いちゃうし、すっごくめんどくさい子よ？ こんな私で……本当に、いいの……？」

「そんな朱音だから、いいんだ」

才人は笑って、朱音の手を握り締めた。

北条《ほうじょう》本家の屋敷で、才人と朱音は天竜《てんりゅう》と対峙《たいじ》していた。

天竜の隣に座っているのは、千代《ちよ》と真帆《まほ》。座敷の出入り口は、ずらりと並んだボディガードたちに固められ、完全に封鎖されている。

ただでさえ強面《こわもて》の天竜が激怒を宿し、眉間に皺《しわ》を刻んで腕組みしている姿は、凄《すさ》まじい威圧感があった。大抵の社長連中は、今の天竜を見るだけで失神するだろう。

「お披露目《ひろめ》の前に逃げ出してワシに恥を掻《か》かせた落とし前、きっちりつけてくれるのだろうな……？」

ドスの利《き》いた声で問いかける様は、北条《ほうじょう》家の始祖と伝えられる鬼を彷彿《ほうふつ》とさせる。空気を痙攣《けいれん》させるようなプレッシャーを感じながらも、才人《さいと》は祖父を睨《にら》み返《かえ》す。

「悪いが、これ以上じーさんの命令は聞けない。俺は朱音《あかね》と最後まで添い遂げる」

「そ、添い遂げ……？」

朱音は才人の隣で顔を真っ赤にする。

「あれほど欲しがっていた北条家の家督、今さら投げ捨てると言うのか。ワシに反旗を翻すからには、北条グループの末端までお前の居場所はないぞ」

「夢は自分で叶《かな》える。ゼロから会社を作って、北条グループを叩《たた》き潰《つぶ》してやる」

才人は宣戦布告した。

鼻で笑う天竜《てんりゅう》。

「若造がワシに勝てるものか。年を取ってから、自分がなにも成し遂げられなかったことに気づき、必ず後悔するぞ」

「朱音と二人で生きられるのなら、どんな人生だって楽しい。夢は利己主義の極致、叶えて満足するのは自分だけだ。俺にはもっと大事にしたいものができた」

天竜は眉間の皺《しわ》を深くする。

「北条グループを敵に回す覚悟があると……？」

「ああ。やるなら全面戦争だ」

才人は拳を固める。

こんな無謀で不合理で効率の悪いこと、昔の才人ならやろうとは決して思わなかった。来る者拒まず、去る者追わず。泥臭い努力なんてバカのやることだと見下していた。すべてを変えてしまったのは、朱音の力だ。

「そこまで言うなら、仕方ないな。こちらも手段を選んでおられん。おい、お前たち！」

天竜が手を叩いた。

武闘派の使用人たちが、才人と朱音を取り囲み、腰の後ろに隠した道具に手を伸ばす。

「才人！」

悲鳴を上げる朱音。

「くそっ、実力行使か！」

才人は朱音を腕の中にかばう。

たとえ命を落とそうと、朱音を喪《うしな》うわけにはいかない。たった一人の人間のため、自分がこれほど必死になれるとは予想もしなかった。

物騒な破裂音が立て続けに鳴り響いた。

才人はきつく目を閉じて朱音を抱き締める。腕の中で朱音の華奢《きゃしゃ》な体が震えている。

だが、いつまで経《た》っても銃弾の激痛は襲ってこない。やたらとひらひらしたものが頭から浴びせられている感触はある。

才人《さいと》が恐る恐る目を開けると、使用人たちはパーティ用のクラッカーを才人たちに向けて破裂させていた。

天竜《てんりゅう》と千代《ちよ》と真帆《まほ》もクラッカーを鳴らし、満面の笑みで祝福する。

「「「おめでとー!!」」」

色とりどりの紙吹雪が舞い散り、使用人の一人が銅鑼《どら》を鳴らしている。フルートを吹いている者や、カメラを連写している者もいる。完全にお祭り騒ぎである。

「は……?」「え……?」

才人と朱音《あかね》は固まった。まったくわけが分からない。

天竜がゆっくりと拍手する。

「素晴らしい！　才人、お前は最後の試練に合格した！」

「試練って……なんだ……？」

才人は警戒して周囲を見回す。

むくつけきボディガードの男たちが号泣したり、ハグし合って笑ったりしている。才人には彼らのノリが理解できない。なにか、とんでもないことに巻き込まれてしまっている感じがする。

真帆は安心したように笑いながら、手の甲で涙を拭っている。

「ごめんねー、おねーちゃん。作戦だからって、イジワルしちゃって」

「作戦……？　どういうこと……？」

朱音は混乱している。

天竜は豪快に笑う。

「そもそも、若い頃のワシと千代さんは相思相愛などではなかった！　当時の恋を成就させるためお前たちを結婚させたいと言ったのは、真っ赤な嘘《うそ》だ！」

「なんだと!?」

「北条《ほうじょう》家の次期当主を支えられる嫁かどうかを調べたかったわけでもない！」

「じゃあ、どうして結婚させたんですか!?」

愕然《がくぜん》とする才人と朱音。

「それは、北条家を任せるにふさわしい人間に才人を成らせるための苦肉の策、すべては壮大な後継者試験だったのだ」

天竜はどっかりと座布団に座り込む。竜の日本画が描かれた扇子を開き、深く息をつきながら顔を扇《あお》ぐ。

「古《いにしえ》の北条家には、家督を巡って殺し合いすら存在した。ワシはその忌まわしき伝統を破壊するため、静《しず》と組んで他の後継者たちを無力化したが、殺しはしなかった。北条家は生まれ変わるべきだと思ったからだ」

天竜《てんりゅう》が畳んだ扇子で才人《さいと》を指す。

「だが、才人。北条《ほうじょう》家始まって以来の天才であるお前は、古《いにしえ》の北条家と同じ鬼の心を持っていた。人を愛さず、交換可能な部品としか見ていなかった。それは才人の父親を育て損なったワシの責任でもある」

朱音《あかね》が反論する。

「才人は鬼じゃないです。私のこと、いっぱい気遣ってくれて。才人は優しい人です」

天竜は肩をすくめて笑った。

「あんたが育てたのだよ、朱音さん。あんたと関わる前の才人は、死んでいた」

うなずく千代《ちよ》。

「天竜さんから、才人さんのことはよく相談されていてね。情の深い朱音なら、きっと才人さんの心を蘇《よみがえ》らせてくれると思って、薦めたのよ。才人さんには、ちゃんと愛してくれる家族が必要だったから」

「北条は、社会に仇《あだ》なす鬼だ。愛を知らぬ人間は、いともたやすく鬼と化す。北条の鬼に、この力を与えるわけにはいかなかった。だから最後の試練で、才人が己の利益より愛を選ぶか試したのだ」

「もし俺が朱音と別れることを選んでいたら……？」

「そうなれば、お前は負け。ワシも負けだ。北条の鬼が社会を蝕《むしば》むのを防ぐため、ワシは北条グループを解体する腹づもりだった」

「とんでもない賭けをするんだな……」

才人は戦慄した。千年以上の歴史を持つ北条家が、才人の選択一つで消え去る間際だったのだ。

「二人を結婚させた理由は、それだけじゃないわよね」

千代が微笑《ほほえ》んだ。

「私たちはね、朱音と才人さんが卒業記念パーティで惹《ひ》かれ合っていたのも、高校で意識し合っていたのも、気付いていたのよ。素直になれない二人のため、できることはないかと考えてた。天竜さんは、ずっと才人さんのことを心配していたから。ねえ、天竜さん？」

「……うむ」

天竜は赤面する。

「じーちゃんが……？」

才人は考えたこともなかった。

祖父は傍若無人な独裁者ではなかったのか。実は才人や朱音と同じく、照れ屋なだけだったのか。幼い頃から才人を祖父が料亭や高級レストランに引っ張り回していたのは、単なるワガママではなかったのか。

「才人《さいと》は見事にワシの試練に合格した。正式に、お前を北条家《ほうじょう》の後継者と指名する」

「……！」

才人は目を見開く。

天竜《てんりゅう》は朱音《あかね》に顔を向ける。

「つらい思いをさせて、すまなかった。朱音さん、あんたになら、才人と北条家を安心して任せられる」

「そ、そんなっ……私なんて……普通の女子高生ですしっ！」

うろたえる朱音。

天竜は才人に歩み寄ってくると、肩に手を乗せた。祖父の皺《しわ》だらけの手が温かく、力強いことを、才人は初めて知った。

天竜は、今まで才人が見たこともないような穏やかな顔で告げる。

「才人。この世は、お前の敵ではない。お前を想《おも》う者が、大勢いる。その者たちのために、力を使え」

じーちゃんたちにはいっぱい食わされたよ
憎むならワシを憎め
ククク…
昔からそういう役回りだ
…憎んでないさ
俺が反抗できたのはじーちゃんにだけなんだから
ありがとう
バタン…
ブロロロ…
…
あらあら泣いているの？
…そんなわけがあるか

エピローグ

epilogue

次期当主とその嫁も正式に決定し、盛大な結婚式が挙行されることになった。

北条《ほうじょう》グループの式場に、世界中から招待客が集まってくる。北条一族の社長連中に加え、経済界の重鎮、閣僚、高級官僚、各国の王侯貴族、俳優、映画監督、トップシンガーなど、そうそうたる顔ぶれだ。

経済界を牛耳る北条家の後継者の初公開ともあって、テレビ局や新聞社の取材陣も押し寄せ、報道ヘリが式場の周りを飛んでいる。万が一のことが起きないよう、周辺の道路は警察によって封鎖されていた。ちなみに警察の上層部も招待客である。

新郎の控え室で、タキシード衣装の才人《さいと》は一人、スマートフォンを眺めていた。写真フォルダには、朱音《あかね》が撮ってくれた写真のデータが入っている。朱音に影響されて、最近は才人も日常の写真を撮るようになったから、その数は膨大だ。

長いようで短かった結婚生活。たくさんケンカしたし、たくさん笑った。朱音との暮らしは刺激と混乱に満ちていて、それ以上に楽しかった。これからも写真の数は、二人の思い出と一緒に増えていくのだろう。

なんて、才人がしみじみと浸っていると。

爆破するような勢いでドアが開け放たれ、真帆《まほ》と陽鞠《ひまり》と糸青《しせい》が突入してきた。

「さーくーんっ！　結婚しよーっ！」

「わー！　才人くんのタキシード姿かっこいーっ！」

「おなかすいた。披露宴まで待てない」

あっという間に包囲される才人。真帆と陽鞠が才人の首に飛びつき、膝の上に糸青が飛び乗る。少女たちは花嫁を喰《く》い殺すくらい派手なドレスをまとい、ヘアメイクをばっちり決めて、魅惑的な香水の香りを漂わせている。

「真帆……お前、朱音を応援するんじゃなかったのか……？」

「応援してるよ？　アタシがさーくんと結婚したらおねーちゃんに嫌われちゃうけど、おねーちゃんとさーくんが結ばれたら夫婦丼を楽しめるからね！　二倍お得でしょ！」

「夫婦丼ってなんだ⁉」

「アタシがさーくんとおねーちゃんを同時に食べちゃうってことだよ！」

真帆は才人の首に顔を擦りつけ、香水の香りを染み込ませてくる。このままでは、栄えある結婚式に他の女の匂いを大量につけて臨むことになってしまう。

「俺はもう結婚するんだから、こういうことは……」

才人がたしなめようとすると、陽鞠が肩をすくめて笑った。

「えー？　関係なくない？　才人くんは前から結婚してたんだし、式をやったくらいじゃなんにも変わんないよ」

「そーそー！　天竜《てんりゅう》おじーちゃんから聞いたけど、さーくんのひーおじーちゃんとかは、五人くらい奥さんがいたらしいよ？」

「ホント!?」

目を輝かせる陽鞠《ひまり》。

糸青《しせい》が重々しくうなずく。

「江戸時代までの北条《ほうじょう》家当主は、五百人以上の嫁を持っていた者もいた。まだ定員は埋まっていない」

「定員ってなんだよ！」

「やった！　だったら三人くらいは誤差だよね!?」

「誤差だよ、さーくん！」

陽鞠が才人《さいと》の頬《ほお》に唇を押しつけてくる。真帆《まほ》もキスを浴びせてくる。このままでは、栄えある結婚式に他の女のキスマークを大量につけて臨むことになってしまう。

「今は現代だ！　昔とは違う！」

真帆は胸に手を当て、訳知り顔で語る。

「温故知新……温故知新だよ！」

「温故知新だよねー！　知新《ちし》ろうよ才人くん！」

同調する陽鞠。

「その言葉、意味分かって使ってるか!?」

「『故《ふる》きを温《たず》ね、新しきを知る』って意味でしょ？　伝統を学び直すことで、現行の欠陥だらけの法制度を改善し、さーくんと全員結婚するのもアリだよね！」

「くそっ、結構頭いいんだよな！」

だからこそ始末に負えない。

陽鞠が悪い女の笑みを漏らす。

「まあ、私は愛人でもイイけどね？　いつも朱音《あかね》とばっかりシてたら、才人くんも飽きちゃうだろうし♪」

「もー全員、さーくんの愛人で良くない!?」

「なにをだ!?」

「だよね！」

「シセも同感」

糸青はケーキをかじっている。生クリームたっぷりの苺《いちご》ショートだ。

「シセまで!?　ていうかそれウエディングケーキだろ！　まだ食べちゃダメなヤツ！」

「シセの食欲を抑えることはできない。性欲を抑えることもできない」

糸青が才人の耳にかじりついてくる。

「抑えろ！」

才人《さいと》は逃げようとするが糸青《しせい》の吸引力には勝てない。たちまち耳が生クリームと糸青の唾液でびしょ濡《ぬ》れになっていく。

「おねーちゃん優しいから、さーくんのこと分けてっておねだりすれば、きっと聞いてくれるよ！」

「シセもそう思う。朱音《あかね》は頼まれたら断れないタイプ」

「才人くんを朱音と半分こして、それを三つに分けたら、六分の一ずつだね！」

ささやき合う少女たち。

「なんか怖い相談してないか!?」

才人は現場からの撤退を検討した。


朱音はウエディングドレスの着付けとメイクを済ませてもらい、新婦の控え室で緊張しながら待機していた。

幼い頃から色恋沙汰には興味がなかったから、まさか自分がこんな格好をすることになるとは想像もしていなかった。お伽噺《とぎばなし》のお姫様にでもなったような気がして、未《いま》だに現実感が持てない。

心細くなった朱音が新郎の控え室に行こうかと思っていると、麗子《れいこ》が部屋に入ってきた。スタイル抜群の体に黒いドレスを身につけた艶姿《えんし》は、魔女のように見える。

「こんにちは。とても綺麗《きれい》ね」

「こ、こんにちは……」

びくりとする朱音。

この結婚に麗子が賛成していないのは以前からよく知っているから、またなにか企《たくら》んでいるのではないかと警戒してしまう。

「そんなに構えなくていいのよ。今日はなにもするつもりはないから」

「今日は……？」

別の日だったらどうなのだろうか。言外の意が気になる朱音。

麗子が肩をすくめた。

「まだ、あなたを完全に認めたわけではないけれどね。あなたの影響で才人くんがよく笑うようになったのは分かってる。だから……そうね。今日だけは言わせてもらうわ。おめでとう」

「ありがとうございます！」

朱音は椅子から立ち上がってお辞儀する。

わずかなりとも麗子に受け入れてもらえたのが、無性に嬉《うれ》しい。両親に疎まれた才人にとって、麗子《れいこ》は母親のような存在だったのだ。

麗子は小さく笑った。

「才人《さいと》くんのこと、頼んだわよ。責任を取って、しっかり幸せにしてあげて頂戴」

「はい！」

朱音《あかね》はうなずいた。


新郎の控え室に、朱音が入ってきた。

たっぷりとレースをあしらったウエディングドレスの向こうに、透明感に満ちた白い肌が透けている。その姿は、まるで羽衣をまとった天女のようだ。

唇を真紅に塗った朱音は、淡く大人の雰囲気を漂わせていた。剥《む》き出《だ》しの肩、鎖骨を流れる艶《つや》が眩《まぶ》しくて、才人は目を細める。

「ど、どうかしら……？」

朱音はウエディングドレスの両端をつまみ、おずおずと上目遣いで訊《き》いた。

「……すごく綺麗《きれい》だ」

嫁の圧倒的な破壊力に、才人は本音を告げることしかできない。

「そ、そう……？　えへへ……」

朱音は頬《ほお》を上気させ、恥ずかしそうに笑った。もじもじと身をよじると、ウエディングドレスがたおやかに揺れ、衣擦《きぬず》れの音が響く。

——俺の嫁、可愛《かわい》すぎないか!?

才人は思わず抱き締めて押し倒したくなってしまうが、せっかくのドレスやヘアメイクが崩れそうで実行できない。式が始まるまで時間もないのだ。

朱音が深刻な顔で拳を握り締める。

「実は……重大な問題があるの」

「な、なんだ……?」

「このままじゃ、式ができないかもしれない。才人に相談したくて」

「言ってくれ」

才人はごくりと唾を飲んだ。

まだ自分たちには試練が残っていたのか。才人は絶望するが、立ちはだかる壁はなんとしても乗り越えるしかない。

朱音は才人の耳に顔を寄せ、口元を手で囲んでささやく。

「その……ね？　……するのが、恥ずかしいの」

「なにが恥ずかしいって？」

「式のとき、大勢の前でキスするのが恥ずかしいの」

「……っ！」

才人《さいと》は体が炎に見舞われるのを感じた。

「キ、キスか……」

「ええ……キス。まだ、一度しかしたことないし。ちゃんとできるか分からないし、みんなに見られると考えるだけで逃げたくなっちゃうし」

朱音《あかね》は唇を指でなぞる。長いまつげがいじらしく揺れている。

「じゃあ、今練習しよう」

「えっ……」

才人は朱音の手を握り、彼女の体を抱き寄せて、そっと唇を重ねた。驚いて目を見張る朱音。だが、すぐ才人に身を委ね、喉から気持ち良さそうな声を漏らす。

初めてのキスとは違って、幸せなキス。別れではなく、新たな始まりを告げるキス。ようやく一緒になれた達成感が、才人の深奥を燃え盛らせる。

長い時間の後に、才人は唇を離した。

「どうだ？　練習になったか？」

「まだ足りないわ。もっと」

甘くとろけた声で、おねだりする朱音。

「もういいだろ、そろそろ式が……」

「もっと。もっとたくさん欲しいの」

朱音が才人に唇を押しつけてくる。

恍惚《こうこつ》に潤んだ瞳で才人を見つめ、憑《つ》かれたように才人の唇を貪る。朱音の優しい腕に包まれ、羽のようなウエディングドレスに包まれ、才人は意識が飛びそうになる。

二人が夢中になってキスを交わしていると、控え室に真帆《まほ》と陽鞠《ひまり》と糸青《しせい》が雪崩《なだ》れ込《こ》んできた。真帆がスマートフォンのカメラを連写する。

「盛り上がってるね～、おねーちゃんたち！　でも式の前にえっちはダメだよ！」

「きゃー!?」

朱音は才人から飛《と》び退《の》いた。

「意外と朱音って激しいんだね……」

感心する陽鞠。

「朱音は性欲魔人。放っておいたら兄《あに》くんが干からびる」

糸青は才人の腕にしがみついて朱音から引き離す。

「えっちなんてしてないし、激しくないし、性欲魔人でもないわ！」

律儀に全員に反論する朱音。

真帆が朱音の手を引っ張る。

「ほらほら－、式なんてちゃちゃっと済ませて、早くハネム－ン行こうよ～！」

「シセもハネムーンは初。楽しみ」

「ねー」

陽鞠《ひまり》は朗らかに笑った。

「なんでみんなで行くことになってるの!?」

愕然《がくぜん》とする朱音《あかね》。

真帆《まほ》は朱音の腕にしがみつき、鼻にかかった声でせがむ。

「おねーちゃん、お願い……。アタシもさーくんと、楽しく旅行したいなぁ……」

「いや……でも……ハネムーンは夫婦で行くものだし……」

「アタシ、寂しいよう……。おねーちゃんたちと一緒がいいよう……」

すりすりと甘えられ、朱音が陥落する。

「う、うう……仕方ないわね」

「いいのかよ！」

「ほらね、やっぱり分けてくれるでしょ？」

真帆がウインクすると、陽鞠と糸青《しせい》が親指を立てる。グッジョブ同志！　のポーズだ。

「分けてくれるってなんの話かしら!?」

朱音には聞かせない方が良い話である。

「おねーちゃん優しいっ♪　寝るのもおねーちゃんたちと一緒がいいなあ……」

「え、ええ、分かったわ」

「しっかりしろ朱音！　とんでもないこと要求されてるぞ！」

「大丈夫よ、一緒に寝るだけなら」

「性善説か！」

陽鞠がくすくすと笑う。

「一緒に寝たって、なにもしないよねえ……？」

「シセはなにもしない」

断言しながらウエディングケーキを食べている糸青。既に大変なことをしている。

謀略が渦巻く控え室。少女たちからドス黒いオーラが漂っているのが才人《さいと》には分かる。

純粋無垢《じゅんすいむく》な朱音だけは、わけも分からずきょとんとしている。

「こんな危険な場所にいられるか！　逃げるぞ朱音！」

才人は朱音の手を引っ張って廊下に飛び出す。

「どこにだってついて行くわ」

朱音は微笑《ほほえ》んで、才人の手を握り返す。

クラスメイトと
結婚した。

しかも学校一苦手な、
天敵のような女子とである。

あとがき

結婚おめでとう!

最初から結婚していた才人《さいと》と朱音《あかね》ですが、ようやく本当の意味で結ばれました。

この作品は、未熟な二人がぶつかり合い、譲り合いながら成長して、本物の夫婦になるまでの物語でした。

これからも二人の道には様々な問題が待ち受けていますが、大丈夫。互いを尊重することを覚えた二人は、手を取り合って乗り越えていくはずです。


作家にとって物語とは、時代への祈りです。

私が祈ったのは、調和でした。

デビュー作からずっと、価値観の相克について考えてきました。なぜ人は、互いの価値観を否定するのか。苦しみを生むだけなのに、なぜ争うのか。なぜ自分だけが偉くて正しいと思い込んで、他者を軽蔑するのか。

もっと、みんな仲良くしてほしい。傷付け合わないでほしい。弱っている人に手を差し伸べる心を持ってほしい。そんな祈りが込められています。

この物語を読んだ人が、少しでも優しい気持ちになってくれたら、それに勝る喜びはありません。世界中のすべての人に、幸せがありますように。

ここでいったん、才人と朱音の物語は完結ですが、もしかしたら番外編など出るかもしれません。出せるといいなと思います。

改めて、この物語を応援してくださった読者の皆様に、心からの感謝を申し上げます。二人が本当の夫婦にたどり着けたのは、皆様のお陰です。

MF文庫J編集部の皆様、担当のK様、N様。イラストレーターの成海《なるみ》七海《ななみ》先生。漫画家のもすこんぶ先生。アニメ制作スタッフの皆様、関連会社の皆様。この作品を広くお届けすることができたのは、厚いご支援のお陰です。

私は現実の経験を創作に取り入れることがよくあります。この物語は多くの着想を妻との生活から得ました。だから最後くらいは、この結びの言葉も許されるでしょう。

最愛の妻Nに捧《ささ》ぐ　結婚記念日に　二〇二四年十二月十四日　天乃《あまの》聖樹《せいじゅ》

MF文庫J

クラスの大嫌いな女子と結婚することになった。10

2025年 1月25日　初版発行
2025年 5月10日　4版発行

著者　天乃聖樹

発行者　山下直久

発行　株式会社 KADOKAWA
〒102-8177 東京都千代田区富士見 2-13-3
0570-002-301（ナビダイヤル）

印刷　株式会社 KADOKAWA

製本　株式会社 KADOKAWA

Printed in Japan　ISBN 978-4-04-684445-3 C0193

◆◆◆

【 ファンレター、作品のご感想をお待ちしています 】
〒102-0071 東京都千代田区富士見2-13-12　株式会社KADOKAWA　MF文庫J編集部気付
「天乃聖樹先生」係「成海七海先生」係「もすこんぶ先生」係